John le Carré

Ein Mord erster Klasse

John le Carré

Ein Mord *erster* Klasse

R o m a n

Bechtermünz Verlag

Titel der Originalausgabe
A Murder of Quality

Lizenzausgabe mit Genehmigung
des Paul Zsolnay Verlages, Wien
Aus dem Englischen von Hans Bütow

Umschlaggestaltung: Studio Höpfner-Thoma, München
Umschlagmotiv: Etienne Poupinet/Bilderberg, Hamburg
Satz: MPM, Wasserburg
Druck und Bindung: Ebner Ulm
Printed in Germany
ISBN 3-8289-6734-5

Für Ann

Es gibt wahrscheinlich ein Dutzend großer Schulen, von denen man mit Überzeugung versichern wird, daß nur sie für Carne als Vorbild gedient hatten. Aber wer in ihnen nach den D'Arcys, Fieldings und Hechts Ausschau hält, wird vergeblich suchen.

JOHN LE CARRÉ

1

SCHWARZE KERZEN

Die Bedeutung von Carne School führt man allgemein auf Eduard VI. zurück, und dessen pädagogischer Eifer wird von der Geschichtsschreibung eigentlich dem Herzog von Somerset zugeschrieben. Aber Carne zieht das Ansehen des Monarchen der fragwürdigen Politik seines Beraters vor und gewinnt Kraft aus der Überzeugung, daß große Schulen, wie Tudor-Könige, im Himmel geweiht wurden.

Seine Größe ist tatsächlich fast so etwas wie ein Wunder. Von obskuren Mönchen gegründet, von einem kränklichen Kinder-König dotiert, von einem viktorianischen Tyrannen der Vergessenheit entrissen, hatte Carne seinen Kragen zurechtgerückt, seine bäuerlichen Hände und Gesichtszüge geschrubbt, und sich den Höfen des zwanzigsten Jahrhunderts im vollen Glanz präsentiert. Und im Handumdrehen wurde der Bauerntölpel aus Dorset der Liebling Londons: Dick Whittington war arriviert. Carne besaß Urkunden in lateinischer Sprache, Siegel in Wachs und Pfründe hinter der Abtei. Carne hatte Landbesitz, Kreuzgänge und den Holzwurm, einen Auspeitschblock und eine Zeile im *Doomsday Book** – was brauchte es also mehr, die Söhne der Reichen zu unterrichten?

* Reichsgrundbuch Englands (1085/86).

Und sie kamen; jedes Semester kamen sie (denn Trimester sind nicht nobel), so daß die Züge einen ganzen Nachmittag lang traurige Gruppen von schwarzröckigen Jungen auf den Stationsbahnsteig entluden. Sie kamen in großen Autos, die von düsterer Sauberkeit glänzten. Sie kamen, um den armen König Eduard zu begraben, Handkarren durch die kopfsteingepflasterten Straßen zerrend, oder mit Proviantschachteln wie kleinen Särgen. Einige trugen Talare und sahen darin beim Gehen wie Krähen aus oder wie schwarze Engel, die zum Begräbnis gekommen sind. Manche folgten einzeln wie Statisten bei einer Beerdigung nach, und man konnte das Klippklapp ihrer Stiefel beim Gehen hören. In Carne waren sie immer in Trauer; die kleinen Jungen, weil sie bleiben, und die großen, weil sie abgehen mußten, die Lehrer, weil Trauer respektabel war, und die Ehefrauen, weil Respektabilität unterbezahlt war; und jetzt, da das Fastensemester (wie das Ostertrimester genannt wurde) zu Ende ging, hatte sich wie eh und je die Wolke der Düsternis entschlossen über die grauen Türme von Carne gesenkt.

Düsternis und die Kälte. Die Kälte war beißend und scharf wie Feuerstein. Sie schnitt in die Gesichter der Jungen, als sie sich nach dem Schulmatch langsam von den verlassenen Sportplätzen entfernten. Sie durchdrang ihre schwarzen Überzieher und verwandelte ihre steifen, spitzigen Kragen zu eisigen Halsreifen. Verfroren trotteten sie vom Platz zu der langen, ummauerten Straße, die zum größten Süßwarenladen der Stadt führte; die Reihe verringerte sich allmählich zu Gruppen, die Gruppen zu Paaren.

Zwei Jungen, die noch verfrorener aussahen als die

übrigen, überquerten die Straße und gingen einen schmalen Pfad entlang, der zu einem entfernten, aber weniger überlaufenen Süßwarenladen führte.

»Ich sterbe, wenn ich noch einmal bei einem von diesen biestigen Rugbyspielen zusehen muß. Der Krach ist ja phantastisch!« sagte der eine. Er war groß, blond, und hieß Caley.

»Die schreien nur deswegen, weil die Pauker vom Pavillon aus zusehen«, erwiderte der andere; »deswegen muß jedes Internat zusammenhalten. Damit die Hauspauker damit angeben können, wie laut ihre Internate schreien.«

»Was sagst du zu Rode?« fragte Caley. »Warum steht er bei uns und animiert uns zum Schreien? Er ist doch kein Hauspauker, nur 'n verdammter Hilfslehrer.«

»Der schmeißt sich doch die ganze Zeit bei den Hauspaukern an. Du kannst ihn auf dem Hof sehen, wie er zwischen den Unterrichtsstunden um die hohen Tiere herumschwirrt. Alle jüngeren Lehrer tun das.« Caleys Gefährte war ein zynischer Rotschopf namens Perkins, Präfekt von Fieldings Haus.

»Ich bin bei Rode zum Tee gewesen«, sagte Caley.

»Rode ist die Hölle. Trägt braune Schuhe. Wie war denn der Tee?«

»Trüb. Komisch, wie Tee sie bloßstellt. Mrs. Rode ist aber ganz passabel – hausbacken, auf plebejische Art: Spitzendeckchen und Porzellanvögel. Ihr Essen ist gut; Frauenverein, aber gut.«

»Rode leitet nächstes Semester das Offiziersausbildungscorps. Das wird der Sache die Krone aufsetzen. Er ist so *eifrig*, springt ständig herum. Man merkt, daß er kein Gentleman ist. Du weißt doch, welche Schule er besucht hat?«

»Nein.«

»Branxome, öffentliche Schule. Fielding erzählte es meiner Mama, als sie im letzten Semester von Singapur rüberkam.«

»Mein Gott! Wo liegt denn Branxome?«

»An der Küste. Bei Bournemouth. Ich bin noch bei niemandem zum Tee gewesen, außer bei Fielding.« Perkins fügte nach einer kleinen Pause hinzu: »Man kriegt geröstete Kastanien und kleine Teekuchen. Man darf ihm nicht danken, weißt du. Er sagt, Gefühlsduselei ist nur für die unteren Klassen. Typisch für Fielding. Er benimmt sich gar nicht wie ein Pauker. Ich glaube, Jungen langweilen ihn. Das ganze Haus geht einmal im Semester zu ihm zum Tee, er lädt uns abwechselnd ein, jedesmal vier; mit den meisten Leuten spricht er nur bei diesem Anlaß.«

Schweigend gingen sie eine Weile weiter, bis Perkins sagte: »Fielding gibt heute abend wieder 'ne Dinnerparty.«

»Er gibt sehr an neuerdings«, sagte Caley mißbilligend. »Ich nehme an, der Fraß in seinem Haus ist schlimmer denn je?«

»Es ist sein letztes Semester, bevor er pensioniert wird. Gegen Ende des Semesters lädt er jeden Pauker und alle Frauen einzeln ein. Schwarze Kerzen jeden Abend. Aus Trauer. Die Hölle ist verschwenderisch.«

»Ja, ich nehme an, es ist eine Art Geste.«

»Mein alter Herr sagte, er ist verkehrt.«

Sie überquerten die Straße und verschwanden im Süßwarenladen, wo sie fortfuhren, die gewichtigen Angelegenheiten von Mr. Terence Fielding zu erörtern, bis Perkins widerstrebend ihr Zusammensein beendete. Da er in Naturwissenschaft eine Niete war, war er unglücklicherweise genötigt, auf diesem Gebiet Nachhilfeunterricht zu nehmen.

Die Dinnerparty, auf die Perkins an diesem Nachmittag angespielt hatte, näherte sich ihrem Ende. Mr. Terence Fielding, rangältester Internatsleiter von Carne, gönnte sich noch etwas Portwein und schob die Kristallflasche verdrießlich nach links. Es war sein Portwein, der beste, den er hatte. Es gab von diesem besten noch genug, um das Semester durchzuhalten – und was dann geschah, war ihm völlig egal. Er fühlte sich etwas müde, nachdem er beim Spiel zugesehen hatte, ein wenig betrunken und etwas gelangweilt von Shane Hecht und ihrem Mann. Shane war so häßlich. Massiv und besitzergreifend, wie eine verblühte Walküre. All das schwarze Haar. Er hätte jemand anderen einladen sollen. Die Snows zum Beispiel, aber er war zu klug. Oder Felix D'Arcy, aber D'Arcy fiel einem ins Wort. Na gut, etwas später würde er Charles Hecht ärgern; Hecht würde beleidigt sein und früh aufbrechen.

Hecht rückte nervös herum, wollte seine Pfeife anzünden, aber Fielding würde das unter keinen Umständen dulden. Hecht konnte eine Zigarre haben, wenn er rauchen wollte. Aber seine Pfeife hatte in seiner Smokingtasche zu bleiben, wohin sie gehörte oder nicht gehörte, und sein athletisches Profil konnte ohne diese Verzierung bleiben.

»Zigarre, Hecht?«

»Nein, danke, Fielding. Hättest du etwas dagegen, wenn ich ...«

»Ich kann die Zigarre empfehlen. Der junge Havelake schickte sie aus Havanna. Sein Vater ist dort Botschafter.«

»Ja, mein Lieber«, sagte Shane nachsichtig. »Vivian Havelake war in Charles' Abteilung, als Charles die Kadetten kommandierte.«

»Guter Junge, Havelake«, bemerkte Hecht und preßte die Lippen zusammen, um zu zeigen, daß er ein strenger Richter war.

»Es ist doch amüsant, wie sich die Dinge geändert haben.« Shane Hecht sagte dies rasch, mit einem etwas hölzernen Lächeln, als sei es nicht wirklich amüsant. »Solch eine trübe Welt, in der wir jetzt leben. Ich erinnere mich an die Zeit vor dem Krieg, als Charles das Corps auf einem Schimmel inspizierte. So etwas tut man heute nicht mehr, oder? Ich habe nichts gegen Mr. Iredale als Kommandanten, gar nichts. In welchem Regiment war er doch bloß, Terence, weißt du's? Ich bin sicher, er macht es sehr gut, was immer sie jetzt im Ausbildungscorps tun – er kommt mit den Jungen so gut zurecht, nicht? Seine Frau ist eine so nette Person ... Ich frage mich nur, wieso sie nie ihr Personal halten können. Ich höre, Mr. Rode wird im nächsten Semester beim Corps aushelfen.«

»Armer kleiner Rode«, sagte Fielding langsam; »rennt herum wie ein junger Hund und versucht, seine Brötchen zu verdienen. Er strengt sich so an; habt ihr ihn bei Schulwettkämpfen brüllen hören? Er hatte noch nie ein Rugbyspiel gesehen, bevor er hierherkam. In den öffentlichen Schulen spielen sie ja kein Rugby – immer nur Fußball. Erinnerst du dich, als er hier ankam, Charles? Es war faszinierend. Zuerst war er sehr demütig und nahm alles in sich auf: die Spiele, die Ausdrucksweise, die Manieren. Dann war es eines Tages, als sei ihm die Macht der Rede gegeben, und er redete unsere Sprache. Es war erstaunlich, wie eine Schönheitsoperation. Es war natürlich Felix D'Arcys Werk – ich habe nie etwas Ähnliches gesehen.«

»Die liebe Mrs. Rode«, sagte Shane Hecht mit jener

abstrakten Unbestimmtheit, die sie für ihre giftigsten Aussprüche reservierte: »So süß ... und solch simpler Geschmack, findest du nicht? Ich meine, wem sonst wäre es auch nur im Traum eingefallen, diese Porzellan-Enten an die Wand zu stellen? Die größeren vorne und die kleineren dahinter. Reizend, findet ihr nicht? Wie in einem dieser Teeläden. Wo sie die nur gekauft hat? Ich muß sie einmal fragen. Ich habe gehört, ihr Vater lebt bei Bournemouth. Es muß sehr einsam für ihn sein, meint ihr nicht? So ein vulgärer Ort; niemand, mit dem man sprechen kann.«

Fielding lehnte sich zurück und überblickte seine eigene Tafel. Das Silber war gut. Das beste in Carne, hatte er sagen hören, und er war geneigt, dem zuzustimmen. In diesem Semester verwendete er nur schwarze Kerzen. An derartige Einzelheiten erinnerten sich die Leute, wenn man abgegangen war: »Der gute alte Terence – wunderbarer Gastgeber. Er lud jedes Mitglied des Lehrkörpers während seines letzten Semesters ein, wissen Sie, auch die Ehefrauen. Schwarze Kerzen, eigentlich rührend. Es brach ihm das Herz, daß er sein Haus aufgeben mußte.« Aber er mußte Charles Hecht ärgern. Shane würde das begrüßen. Sie würde ihn dabei anfeuern, weil sie Charles haßte, weil sie in ihrem großen, häßlichen Körper so listig war wie eine Schlange.

Fielding sah Hecht an, und dann Hechts Frau, und sie lächelte zurück, das langsame, verkommene Lächeln einer Hure. Einen Augenblick stellte sich Fielding vor, wie Hecht in dem dicken Körper wühlte: Es war eine Szene, die an Lautrec gemahnte ... ja, das war's! Charles, aufgeblasen und zylinderbehütet, steif auf der Plüschbettdecke sitzend; sie massiv, hängebrüstig und gelangweilt. Das Bild gefiel ihm: Pervers, den Dummkopf Hecht aus der spartanischen Sauberkeit Carnes in die Pariser Bordelle des neunzehnten Jahrhunderts zu versetzen …

Fielding begann zu sprechen, oder vielmehr mit jenem Anschein freundlicher Objektivität, den Hecht, wie er wußte, verabscheute, zu dozieren.

»Wenn ich auf meine dreißig Jahre in Carne zurückblicke, so wird mir bewußt, daß ich noch weniger erreicht habe als ein Straßenkehrer.« Sie beobachteten ihn jetzt. »Ich pflegte einen Straßenkehrer als eine im Vergleich zu mir inferiore Person zu betrachten. Nun bezweifle ich das. Etwas ist schmutzig, er macht es sauber, und der Zustand der Welt ist verbessert. Aber ich – was habe ich getan? Ich habe die Stellung einer herrschenden Klasse verteidigt, die sich weder durch Begabung noch Kultur oder Geist auszeichnet; habe für eine weitere Generation die Konventionen eines toten Zeitalters lebendig erhalten.«

Hecht, der die Kunst, Fielding nicht zuzuhören, nie bis zur Vollendung gebracht hatte, wurde rot und wetzte am anderen Tischende nervös herum.

»Lehren wir sie denn nicht, Fielding? Wie steht's denn mit unseren Erfolgen, unseren Stipendien?«

»Ich habe nie in meinem Leben einen Jungen etwas gelehrt, Charles. Gewöhnlich war der Junge nicht klug genug; manchmal war ich's nicht. Siehst du, bei den meisten Jungen erlischt die Aufnahmefähigkeit in der Pubertät. Bei einigen hält sie an; aber wo wir sie finden, geben wir in Carne uns alle Mühe, sie abzuwürgen. Wenn sie unsere Anstrengungen überlebt, gewinnt der Junge ein Stipendium … Habe Nachsicht mit mir, Shane; es ist mein letztes Semester.«

»Letztes Semester oder nicht, du übertreibst, Fielding«, sagte Hecht zornig.

»Das ist in Carne Tradition. Diese Erfolge, wie du sie nennst, sind die Fehlschläge, sind die seltenen Jungen, die die Lehren von Carne nicht aufgenommen haben. Sie haben den Kult der Mittelmäßigkeit ignoriert. Wir können nichts für sie tun. Aber für die übrigen – die verwirrten kleinen Kleriker und die blinden kleinen Soldaten –, für die ist die Wahrheit von Carne an die Wand geschrieben, und sie hassen uns.«

Hecht lachte etwas schwerfällig.

»Warum kommen dann so viele zurück, wenn sie uns so sehr hassen? Warum erinnern sie sich an uns und kommen uns besuchen?«

»Weil wir, mein lieber Charles, die Schrift an der Wand sind! Die einzige Lehre von Carne, die sie nie vergessen. Sie kommen zurück, um uns zu lesen, siehst du das nicht? Von uns haben sie das Geheimnis des Lebens erlernt: daß wir alt werden, ohne weise zu werden. Sie haben erkannt, daß sich nichts ereignete, als wir erwachsen wurden: kein blendendes Licht auf der Straße nach Damaskus, kein plötzliches Gefühl der Reife!« Fielding legte den Kopf zurück und blickte zum derben viktorianischen Fries an der Decke hinauf, und zum Schmutzring um die Lampenrosette. »Wir sind nur ein bißchen älter geworden. Wir haben dieselben Witze gemacht, dieselben Gedanken gedacht, dieselben Dinge gewollt. Jahraus, jahrein, Hecht, waren wir dieselben, nicht weiser, nicht besser; wir haben in den letzten fünfzig Jahren unseres Lebens alle zusammen nicht einen selbständigen Gedanken gehabt. Sie fanden heraus, was für ein Schwindel das alles war, Carne und wir: unsere akademische Kleidung, unsere Klassenzimmerscherze, unsere schlauen kleinen Angebote, sie zu beraten. Und deswegen kommen sie Jahr für Jahr zurück aus ihrem komplizierten, sterilen Leben, um dich und mich, Hecht, fasziniert zu betrachten; wie Kinder, die an einem Grab nach dem Geheimnis von Leben und Tod suchen. O ja, *das* haben sie von uns gelernt.«

Hecht sah Fielding einen Augenblick lang schweigend an.

»Die Flasche, Hecht?« sagte Fielding leichthin, versöhnlich, aber Hechts Augen waren noch auf ihn gerichtet.

»Wenn das ein Scherz sein soll ...« begann er, und seine Frau bemerkte mit Befriedigung, daß er außerordentlich zornig war.

»Ich wünschte, ich wüßte es, Charles«, antwortete Fielding mit scheinbarem Ernst. »Ich wünschte wirklich, ich wüßte es. Ich dachte früher, daß es klug sei, Tragödie mit Komödie zu vermengen. Nun wünschte ich, ich könnte sie unterscheiden.« Er fand das eigentlich ganz gut.

Sie tranken den Kaffee im Wohnzimmer, wo Fielding beim Klatsch Zuflucht suchte, aber Hecht ließ sich nicht ablenken. Fielding wünschte fast, er hätte ihn seine Pfeife anzünden lassen. Dann erinnerte er sich seiner Vision von den Hechts in Paris, und das stellte seine frohe Laune wieder her. Er war an diesem Abend wirklich gut gewesen. Es gab Augenblicke, in denen er sich selbst überzeugte.

Während Shane ihren Mantel holte, standen die beiden Männer zusammen in der Halle, aber keiner sprach. Shane kam zurück, eine Hermelinstola, gelb vor Alter, über ihre breiten weißen Schultern drapiert. Sie neigte ihren Kopf nach rechts, lächelte und reichte Fielding die Hand zum Kuß.

»Terence, Darling«, sagte sie, als Fielding ihre dicken Finger küßte, »so liebenswürdig. Und in deinem letzten Semester. Du mußt mit uns essen, ehe du gehst. So traurig. So wenige von uns übrig.« Sie lächelte wieder, mit halbgeschlossenen Augen, um eine Gefühlsverwirrung anzudeuten, und folgte dann ihrem Mann auf die Straße. Es war noch immer bitter kalt, Schnee lag in der Luft.

Fielding schloß und verriegelte sorgfältig die Tür hinter ihnen – vielleicht einen Bruchteil früher, als es die Höflichkeit erforderte – und kehrte ins Eßzimmer zurück. Hechts Portweinglas war noch etwa halbvoll. Fielding nahm es und goß den Inhalt sorgsam in die Kristallflasche zurück. Er hoffte, daß Hecht nicht zu aufgebracht war, denn er schätzte es nicht, bei den Leuten unbeliebt zu sein. Er löschte die schwarzen Kerzen, indem er die Dochte zwischen Zeigefinger und Daumen drückte. Dann drehte er das Licht an, nahm ein billiges Notizbuch von der Anrichte und öffnete es. Es enthielt eine Liste seiner Dinnergäste für den Rest des Semesters. Mit seiner Füllfeder machte er ein ordentliches Häkchen an dem Namen Hecht. Die waren erledigt. Am Mittwoch würde er die Rodes bei sich haben. Der Mann hatte einigen Wert, aber sie war natürlich gräßlich ... Das war bei Ehepaaren nicht immer so. In der Regel waren die Frauen viel sympathischer.

Er öffnete die Anrichte und nahm eine Flasche Brandy und einen Schwenker heraus. Beide in einer Hand haltend, mit der anderen beim Gehen an der Wand Halt suchend, schlurfte er mürrisch ins Wohnzimmer zurück. Gott! Er fühlte sich plötzlich alt; dieses dünne schmerzhafte Ziehen über der Brust, diese Schwere in den Beinen und Füßen. Solch eine Anstrengung, mit Menschen zusammenzusein – immer Theater zu spielen. Er haßte es, allein zu sein, aber die Menschen langweilten ihn. Alleinsein war wie Müdesein ohne die Fähigkeit, zu schlafen. Irgendein deutscher Dichter hatte das gesagt; er hatte es einmal zitiert: »Du darfst schlafen, aber ich muß tanzen.« Etwas dergleichen.

So bin ich, dachte Fielding. So ist auch Carne; ein alter Satyr, der zur Musik tanzt. Die Musik wurde schneller, und ihre Körper wurden älter, doch sie mußten weitertanzen – in den Kulissen warteten junge Leute. Einmal war es komisch gewesen, die alten Tänze in einer neuen Welt zu tanzen. Er schenkte sich noch etwas Brandy ein. Eigentlich ging er nicht ungern von hier fort, obwohl er irgendwo anders wieder unterrichten mußte.

Aber es hatte seine Reize, Carne ... Der Hof der Abtei im Frühling ... die Flamingo-Gestalten der Jungen, die auf das Ritual der Andacht warteten ... die Ebbe und Flut der Kinder, wie die Jahreszeiten, und die alten Männer, die dazwischen starben. Er wünschte, malen zu können; er würde das Schauspiel von Carne in den falben Brauntönen des Herbstes malen ... Was für ein Jammer, dachte Fielding, daß sein Geist, der für Schönheit so empfänglich war, kein schöpferisches Talent besaß.

Er sah auf die Uhr. Viertel vor zwölf. Fast an der Zeit, auszugehen ... um zu tanzen, nicht, um zu schlafen.

2

Das Donnerstag-Gefühl

Es war Donnerstagabend, und die »Christliche Stimme« war gerade in Druck gegangen. In der Fleet Street war dies kaum ein historisches Ereignis. Der picklige Botenjunge, der den zerzausten Stoß von Umbruchseiten mitnahm, zeigte sich nicht dienstwilliger als unbedingt nötig war, um seine Weihnachtsgratifikation nicht zu gefährden. Und selbst in dieser Hinsicht hatte er gelernt, daß die weltlichen Journale von »Unipress« mehr materielle Wohltat versprachen als die »Christliche Stimme«; Wohltat stand nämlich genau im Verhältnis zum Absatz.

Miss Brimley, die Herausgeberin der Zeitschrift, rückte das Luftkissen unter sich zurecht und zündete sich eine Zigarette an. Ihre Sekretärin und Redakteurin – die Anstellung schloß beide Verantwortungen ein – gähnte, ließ ihr Aspirinfläschchen in die Handtasche fallen, kämmte ihr gelbliches Haar und sagte Miss Brimley gute Nacht, wie üblich einen Geruch stark parfümierten Puders und einen leeren Papiertücherkarton zurücklassend. Miss Brimley hörte zufrieden das scharfabgehackte Echo ihrer Schritte den Korridor hinunter verklingen. Es gefiel ihr, daß sie endlich, endlich allein war, und sie genoß die plötzliche Leere. Sie mußte sich immer wieder über sich selbst wundern, wie jeder Donnerstagmorgen, wenn sie das riesige Unipress-Gebäude betrat und etwas lächerlich, gleich einem farblosen Bündel auf einem Luxusdampfer, auf einer Rolltreppe nach der anderen stand, dasselbe leichte Unbehagen mit sich brachte. Jeder wußte, sie hatte die »Stimme« vierzehn Jahre lang herausgebracht, und es gab Leute, die sagten, daß ihr Layout das beste sei, was Unipress mache. Und doch verließ sie dieses Donnerstag-Gefühl nie, nie die wache Sorge, daß sie eines Tages, vielleicht schon heute, nicht fertig sein würde, wenn der Botenjunge kam. Sie überlegte oft, was dann wohl passieren würde. Sie hatte von Fehlschlägen anderswo in diesem riesigen Konzern gehört, von Sonderartikeln, die mißbilligt, und von Redakteuren, die getadelt worden waren. Ihr war es ein Rätsel, warum sie die »Stimme« überhaupt beibehielten, mit dem teuren Büro im siebenten Stock und einer Auflage, die, wenn Miss Brimley überhaupt etwas wußte, kaum die Büroklammern bezahlte.

Die »Stimme« war um die Jahrhundertwende von dem alten Lord Landsbury gleichzeitig mit einer nonkonformistischen Tageszeitung und der »Temperenz-Gazette« gegründet worden. Aber die Tageszeitung und die »Gazette« waren seitdem längst eingegangen, und Landsburys Sohn war vor nicht so langer Zeit eines Morgen aufgewacht, um zu erfahren, daß seine ganze Firma, jeder Mann und jede Frau darin, jedes Möbelstück, die gesamte Tinte, jede Büro- und Setzschiffklammer mit dem verborgenen Gold von Unipress aufgekauft worden war.

Das war vor drei Jahren gewesen, und jeden Tag hatte sie auf ihre Entlassung gewartet. Aber die kam nie – keine Anweisung, keine Frage, kein Wort. Und da sie eine vernünftige Frau war, machte sie genauso weiter wie zuvor und hörte auf, sich zu wundern.

Und sie war glücklich. Es war leicht, über die »Stimme« die Nase zu rümpfen. Jede Woche bot sie, demütig und ohne Fanfaren, Beweise für das Eingreifen des Herrn in das Weltgeschehen, erzählte sie in einfachen und ziemlich unwissenschaftlichen Wendungen die Frühgeschichte der Juden und versah in einer Rubrik unter einem Phantasienamen jeden, der deswegen schreiben oder danach fragen mochte, mit mütterlichem Rat. Die »Stimme« befaßte sich kaum mit den rund fünfzig Millionen der Bevölkerung, die nie von ihr gehört hatten. Sie war eine Familienangelegenheit, und anstatt die zu verunglimpfen, die nicht zu ihr gehörten, tat sie lieber ihr Bestes für die, die dazugehörten. Für diese war sie gütig, optimistisch und informativ. Wenn in Indien eine Million Kinder an der Pest starben, konnte man sicher sein, daß der Leitartikel der Woche von der wunderbaren Errettung einer Methodistenfamilie in Kent aus Feuersnot berichtete. Die »Stimme« beriet einen nicht, wie man die zunehmenden Fältchen um die Augen beseitigen oder die sich ausdehnende Figur kontrollieren könne; sie entmutigte einen, wenn man alt war, nicht durch ihre eigene ewige Jugend. Sie gehörte selbst zum mittleren Alter und zur Mittelklasse, sie riet Mädchen Vorsicht und allen Nachsicht an. Nonkonformismus ist die konservativste aller Gewohnheiten, und Familien, die die »Stimme« 1903 abonniert hatten, abonnierten sie auch 1960 weiter.

Miss Brimley war nicht ganz das Abbild ihrer Zeitschrift. Das Kriegsgeschick und die Launen der Arbeit in der militärischen Abwehr hatten sie mit dem jüngeren Lord Landsbury in Partnerschaft gebracht, und in den sechs Kriegsjahren hatten sie tüchtig und unauffällig in einem namenlosen Gebäude in Knightsbridge zusammengearbeitet. Die Wechselfälle des Friedens machten sie beide arbeitslos, doch Landsbury war nicht nur so klug, sondern auch so großzügig, Miss Brimley einen Posten anzubieten. Die »Stimme« hatte während des Krieges ihr Erscheinen eingestellt, und niemand schien erpicht darauf, sie wieder herauszugeben. Zuerst hatte Miss Brimley sich etwas beschämt gefühlt, eine Zeitschrift wiederzubeleben und herauszugeben, die in keiner Weise ihren eigenen vagen Gottesglauben ausdrückte; aber sehr bald, als die rührenden Briefe eintrafen und die Auflage sich erholte, entwickelte sie eine Zuneigung zu ihrer Arbeit – und zu ihren Lesern –, die ihre früheren Bedenken überwog. Die »Stimme« war ihr Leben, und ihre Leser waren ihre Hauptbeschäftigung. Sie bemühte sich, ihre kuriosen, besorgten Fragen zu beantworten, suchte Rat von anderen, wenn sie ihn nicht selbst geben konnte, und wurde mit der Zeit unter einer Handvoll von Decknamen wenn nicht ihr Philosoph, so doch ihre Führerin, Freundin und Tante für alles.

Miss Brimley machte ihre Zigarette aus, räumte geistesabwesend Zwecken und Büroklammern, Schere und Leim in die rechte obere Schublade ihres Schreibtisches und raffte die Nachmittagspost aus ihrem Eingangskörbchen zusammen, die sie, weil Donnerstag war, unberührt gelassen hatte. Darunter waren einige an Barbara Fellowship adressierte Briefe, unter welchem Namen die »Stimme« seit ihrer Gründung sowohl privat wie in ihren veröffentlichten Spalten die vielen Zuschriften ihrer Leser beantwortet hatte. Sie konnten bis morgen warten. Sie hatte Freude an der »Problem-Post«, aber diese wurde am Freitagvormittag gelesen. Sie öffnete den kleinen Ablageschrank, der knapp neben ihr stand, und ließ die Briefe in einen kleinen Ablagekasten vorn im Schrank fallen. Dabei drehte einer sich um, und sie bemerkte überrascht, daß die gesiegelte Klappe mit einem eleganten blauen Delphin geprägt war. Sie nahm den Umschlag aus dem Schrank und besah ihn neugierig, ihn mehrfach umwendend. Er war aus hellgrauem Papier, ganz schwach liniiert. Teuer – vielleicht handgeschöpft. Unter dem Delphin befand sich ein winziges Schriftband, auf dem sie die Inschrift gerade noch erkennen konnte: *Regem defendere, diem videre.* Der Poststempel war Carne, Dorset. Das mußte das Schulwappen sein. Aber warum war ihr Carne vertraut? Miss Brimley war stolz auf ihr Gedächtnis, das ausgezeichnet war, und es ärgerte sie, wenn es sie im Stich ließ. Als letzten Ausweg öffnete sie den Umschlag mit ihrem Papiermesser aus vergilbtem Elfenbein und las den Brief.

Sehr geehrte Miss Fellowship,
ich weiß nicht, ob Sie wirklich existieren, aber das spielt keine Rolle, weil Sie immer so liebe, gütige Antworten geben. Ich habe letzten Juni über die Kuchenmischung geschrieben. Ich bin nicht verrückt, und ich weiß, daß mein Mann versucht, mich zu töten. Könnte ich wohl bitte kommen und Sie, sobald es Ihnen paßt, besuchen? Ich bin sicher, Sie werden mir glauben und erkennen, daß ich normal bin. Könnte es wohl bitte *so bald wie möglich* sein, ich fürchte mich so sehr vor den langen Nächten. Ich weiß nicht, an wen ich mich sonst wenden soll. Ich könnte es mit Mr. Cardew im Bethaus versuchen, aber er würde mir nicht glauben, und Vater ist zu praktisch eingestellt. Ebensogut könnte ich tot sein. Irgend etwas an

ihm ist nicht ganz in Ordnung. Manchmal bei Nacht, wenn er glaubt, ich schlafe, liegt er jetzt da und starrt in die Dunkelheit. Ich weiß, es ist falsch, solche häßlichen Dinge zu denken und Angst im Herzen zu haben, aber ich kann es nicht ändern. Ich hoffe, Sie bekommen nicht viele Briefe wie diesen.

Hochachtungsvoll
Stella Rode (Mrs.)
geborene Glaston

Einen Augenblick saß sie ganz still an ihrem Schreibtisch und betrachtete die Adresse in hübscher blauer Gravur am Kopf der Seite: »North Fields, Carne School, Dorset.« In diesem Moment des Schocks und des Staunens drängte sich ein Satz in ihr Gedächtnis: »Der Wert einer Nachricht hängt von ihrer Herkunft ab.« Das war John Landsburys Lieblingswort. Ehe man nicht die Abstammung einer Information kennt, kann man einen Bericht nicht auswerten. Ja, das pflegte er zu sagen. »Wir sind nicht demokratisch. Wir verschließen die Tür vor Nachrichtenmaterial ohne gute Abkunft.« Und sie pflegte zu antworten: »Ja, John, aber selbst die besten Familien mußten irgendwo anfangen.«

Stella Rode kam jedoch aus einer guten Familie. Miss Brimley erinnerte sich jetzt an alles. Stella war das Glaston-Mädchen. Das Mädchen, über dessen Heirat im Leitartikel berichtet worden war, das Mädchen, das das Sommerpreisausschreiben gewonnen hatte; Samuel Glastons Tochter, aus Branxome. Über die gab es eine Karte in Miss Brimleys Kartothek.

Abrupt stand sie auf, den Brief noch immer in der Hand, und ging zum vorhanglosen Fenster. Unmittelbar vor ihr war ein moderner Blumenkasten aus geflochtenem Weißeisendraht. Merkwürdig, überlegte sie, daß sie es nie fertigbrachte, in diesem Blumenkasten etwas zum Wachsen zu bringen. Sie blickte zur Straße hinab, eine schmale, vernünftige Gestalt, die sich ein wenig nach vorn beugte, eingerahmt von dem leuchtenden Nebel draußen; Nebel, gelb gefärbt von dem Licht, das er Londons Straßen stahl. Tief unten konnte sie gerade noch die Straßenlampen unterscheiden, die fahl und trüb wirkten. Plötzlich empfand sie das Bedürfnis nach frischer Luft und öffnete mit einem ihrer sonstigen Ruhe völlig widersprechenden Impuls weit das Fenster. Augenblicklich brachen Kälte und eine Welle tosenden Lärms über sie herein, und der heimtückische Nebel folgte. Das Geräusch des Verkehrs war stetig, so daß sie einen Augenblick glaubte, es komme vom Lauf einer großen Maschine. Dann hörte sie über dem gleichmäßigen Dröhnen die Zeitungsjungen. Ihre Schreie waren wie die von Möwen gegen einen aufkommenden Sturm. Sie konnte sie jetzt sehen, Wachtposten unter den hastenden Schatten.

Es konnte wahr sein. Das war immer die Schwierigkeit gewesen. Den ganzen Krieg hindurch war es die gleiche rastlose Suche gewesen. Es konnte wahr sein. Es war zwecklos, Berichte auf ihre Wahrscheinlichkeit zu untersuchen, wenn man gar nichts wußte, von dem man ausgehen konnte. Sie erinnerte sich an die ersten Agentenberichte aus Frankreich über die V-Waffen, wildes Gerede über Betonabschußbasen in den Tiefen eines Waldes. Man mußte dem Dramatischen widerstehen, sich dagegen behaupten. Doch, es konnte wahr sein. Morgen, am Tage danach, würden die Zeitungsjungen da unten es vielleicht ausrufen, und Stella Rode, geborene Glaston, konnte tot sein. Und wenn das so war, wenn die geringste Chance bestand, daß dieser Mann plante, diese Frau zu töten, dann mußte sie, Ailsa Brimley, alles tun, was in ihren Kräften stand, um es zu verhindern. Wenn irgend jemand Anspruch auf ihre Unterstützung hatte, so war es Stella Rode: Sowohl ihr Vater wie ihr Großvater hatten die »Stimme« abonniert, und als Stella vor fünf Jahren heiratete, hatte Miss Brimley darüber einige Zeilen im Leitartikel gebracht. Die Glastons schickten ihr jedes Jahr eine Weihnachtsglückwunschkarte. Sie gehörten zu den ersten Abonnentenfamilien ...

Es war kalt am Fenster, aber sie blieb, wo sie war, immer noch fasziniert von den halbverborgenen Schatten, die sich unter ihr begegneten und trennten, und den nutzlosen Straßenlampen, die mühsam zwischen ihnen brannten. Sie begann, sich ihn als einen der Schatten vorzustellen, drohend und drängend, seine Mörderaugen in dunkle Höhlen verwandelt. Und plötzlich hatte sie Angst und brauchte Hilfe.

Aber nicht die Polizei, noch nicht. Wenn Stella Rode das gewollt hätte, wäre sie selbst hingegangen. Warum war sie nicht zur Polizei gegangen? Aus Liebe? Aus Furcht, töricht zu erscheinen? Weil Instinkt kein Beweis war? Man wollte Fakten. Aber das Faktum des Mordes war der Tod. Mußten sie darauf warten?

Wer würde helfen? Sie dachte sogleich an Landsbury. Aber der war Farmer in Rhodesien. Wer war im Krieg sonst noch bei ihnen gewesen? Fielding und Jebedee waren tot, Steed-Asprey verschollen. Smiley – wo war er? George Smiley, der Klügste und vielleicht der Seltsamste von ihnen allen. Natürlich, erinnerte sich Miss Brimley jetzt. Er war diese unwahrscheinliche Heirat eingegangen und zur Forschungsarbeit nach Oxford zurückgekehrt. Aber dort war er nicht geblieben ... Die Ehe war auseinandergegangen ... Was hatte er nur danach gemacht?

Sie kehrte an ihren Schreibtisch zurück und nahm den Band S–Z des Telefonbuchs. Zehn Minuten später saß sie in einem Taxi, unterwegs zum Sloane Square. In ihrer hübsch behandschuhten Hand hielt sie einen Aktendeckel mit Stella Rodes Karteiblatt und den Briefen, die zur Zeit des Sommer-Preisausschreibens zwischen ihnen gewechselt worden waren. Sie war schon fast in Piccadilly, als ihr einfiel, daß sie das Bürofenster offengelassen hatte. Es machte wohl nichts aus.

»Bei anderen Leuten sind's Perserkatzen oder Golf. Bei mir sind's die ›Stimme‹ und meine Leser. Ich bin eine lächerliche alte Jungfer, das weiß ich, aber so ist es nun einmal. Ich will nicht zur Polizei gehen, ehe ich nicht *etwas* versucht habe, George.«

»Und du dachtest, du könntest es mit mir versuchen?«

»Ja.«

Sie saß im Arbeitszimmer von George Smileys Haus in der Bywater Street; das einzige Licht kam von der komplizierten Lampe auf seinem Schreibtisch, einem schwarzen, spinnenartigen Ding, das hell die Notizen auf der Tischplatte beleuchtete.

»Du hast also den Dienst quittiert?« fragte sie.

»Ja, ja, das habe ich.« Er nickte energisch mit dem runden Kopf, als wollte er sich selbst beteuern, daß ein widerwärtiges Erlebnis wirklich vorbei war, und mischte Miss Brimley einen Whisky und Soda. »Ich war dort noch einmal beschäftigt, nach ... Oxford. In Friedenszeiten ist alles ganz anders, weißt du«, fuhr er fort.

Miss Brimley nickte. »Ich kann's mir vorstellen. Mehr Zeit, widerlich zu sein.«

Smiley sagte nichts, zündete nur eine Zigarette an und setzte sich ihr gegenüber.

»Und die Leute haben gewechselt. Fielding, Steed, Jebedee. Alle fort.« Sie sagte dies auf nüchterne Art, während sie aus ihrer großen praktischen Handtasche Stella Rodes Brief herausnahm. »Dies ist der Brief, George.«

Nachdem er ihn gelesen hatte, hielt er ihn kurz gegen die Lampe; sein rundes Gesicht wurde von dem Licht in einem Augenblick fast komischen Ernstes erfaßt. Während sie ihn beobachtete, fragte sich Miss Brimley, was für einen Eindruck er wohl auf Leute machte, die ihn nicht sehr gut kannten. Sie hatte ihn als den vergeßlichsten Menschen in Erinnerung, der ihr je begegnet war; kurz und plump, mit dicker Brille und sich lichtendem Haar, war er auf den ersten Blick der Prototyp eines erfolglosen Junggesellen mittleren Alters mit einer sitzenden Beschäftigung. Seine angeborene Schüchternheit in den meisten praktischen Angelegenheiten spiegelte sich in seiner Kleidung wider, die teuer und unzweckmäßig war, denn er war Wachs in den Händen seines Schneiders, der ihn ausraubte.

Er hatte den Brief auf den kleinen Intarsientisch neben sich gelegt und sah sie mit einem eulenhaften Blick an.

»Der andere Brief, den sie dir schickte, Brim. Wo ist er?«

Sie reichte ihm den Aktendeckel. Er öffnete ihn und las nach einem Augenblick Stella Rodes früheren Brief laut vor:

Sehr geehrte Miss Fellowship,
ich möchte mir erlauben, für Ihr »Küchentips«-Preisausschreiben folgenden Vorschlag zu machen:
Man bereite die Kuchenmischungsgrundmasse einmal im Monat zu. Sahne, gleiche Mengen Fett und Zucker; man füge für je 170 Gramm der Mischung ein Ei hinzu. Für Puddings und Kuchen füge man die entsprechende Menge Mehl zur Grundmischung hinzu. Dies wird sich einen Monat gut halten.
Ich lege einen Freiumschlag bei.

Hochachtungsvoll
Stella Rode (geb. Glaston)

P.S. Bei dieser Gelegenheit: Man kann Drahtwolle vor Rost schützen, indem man sie in einer Schale mit Seifenwasser aufbewahrt. Sind uns zwei Vorschläge erlaubt? Wenn ja, darf dies, bitte, mein zweiter sein?

»Sie gewann das Preisausschreiben«, bemerkte Miss Brimley, »aber darum geht es nicht. Was ich dir sagen will, George, ist dies: sie ist eine Glaston, und die Glastons haben die ›Stimme‹ seit ihrer Gründung gelesen. Stellas Großvater war der alte Rufus Glaston, ein Töpferei-König in Lancashire; er und John Landsburys Vater bauten Kapellen und Bethäuser in praktisch jedem Dorf der Midlands. Als Rufus starb, brachte die ›Stimme‹ eine Gedenknummer heraus, und der alte Landsbury selbst schrieb den Nachruf. Samuel Glaston übernahm die Firma des Vaters, mußte aber nach Süden ziehen, wegen seiner Gesundheit. Er wohnt jetzt bei Bournemouth, ein Witwer mit einer Tochter, Stella. Sie ist die letzte dieser großen Familie. Die ganze Sippschaft ist so nüchtern, wie man's nur wünschen kann, Stella eingeschlossen, möchte ich meinen. Ich glaube nicht, daß irgendeiner von ihnen unter Verfolgungswahn leiden könnte.«

Smiley sah sie erstaunt an.

»Meine liebe Brim, ich kann das nicht auf einmal fassen. Woher, um Himmels willen, weißt du das alles?«

Miss Brimley lächelte entschuldigend.

»Bei den Glastons ist das leicht – sie sind fast ein Teil der Zeitschrift. Sie schicken uns Weihnachtsglückwünsche und Bonbonnieren am Jahrestag unserer Gründung. Wir haben etwa fünfhundert Familien, die das bilden, was ich unsere Stammkundschaft nenne. Sie bezogen die ›Stimme‹ von Anbeginn und sind immer dabeigeblieben. Sie schreiben uns, George: wenn sie Sorgen haben, schreiben sie und sprechen sich aus; wenn sie heiraten, umziehen, sich pensionieren lassen, wenn sie krank sind, deprimiert oder zornig, dann schreiben sie. Nicht oft, weiß der Himmel; aber oft genug.«

»Wie behältst du das nur alles?«

»Ich behalte es nicht. Ich habe eine Kartothek. Ich beantworte Briefe immer, weißt du ... nur ...«

»Ja?«

Miss Brimley sah ihn ernst an.

»Dies ist das erste Mal, daß jemand geschrieben hat, weil er sich fürchtet.«

»Was soll ich tun?«

»Ich habe bis jetzt nur eine gute Idee gehabt. Ich glaube mich zu erinnern, daß Adrian Fielding einen Bruder gehabt hat, der in Carne unterrichtet ...«

»Er ist dort Internatsleiter, wenn er nicht ausgeschieden ist.«

»Nein, er scheidet dieses Semester aus – vor einigen Wochen stand es in der *Times* in der kleinen Ecke auf der Seite mit den Hofnachrichten, wo Carne sich immer selbst anzeigt. Es hieß da: ›Carne School beginnt heute das Fastensemester. Mr. T. R. Fielding wird am Ende des Semesters ausscheiden, nachdem er die vorgeschriebenen fünfzehn Jahre als Internatsleiter vollendet hat.‹«

Smiley lachte.

»Wirklich, Brim, dein Gedächtnis ist schon fast absurd.«

»Es war die Erwähnung Fieldings ... Wie dem auch sei, ich dachte, du könntest ihn anrufen. Du mußt ihn kennen.«

»Ja, ja. Ich kenne ihn. Zumindest habe ich ihn einmal in Magdalen College bei einem Dinner getroffen. Aber –« Smiley wurde ein bißchen rot.

»Aber was, George?«

»Nun, er ist nicht das, was sein Bruder war.«

»Wie könnte er das sein?« erwiderte Miss Brimley ein wenig scharf. »Aber er kann dir etwas über Stella Rode sagen. Und über ihren Mann.«

»Ich glaube nicht, daß er das am Telefon tun könnte. Ich meine, ich suche ihn lieber auf. Aber was kann dich hindern, Stella Rode anzurufen?«

»Heute abend doch nicht, oder? Ihr Mann wird zu Hause sein. Ich dachte, ich könnte ihr heute abend einen Brief schicken und ihr sagen, daß sie mich jederzeit besuchen kann. Aber«, setzte sie mit einer leichten, ungeduldigen Bewegung des Fußes fort, »ich möchte *jetzt* etwas tun, George.«

Smiley nickte und ging zum Telefon. Er rief die Auskunft an und fragte nach Terence Fieldings Nummer. Nach einer langen Pause sagte man, er möge die Telefonzentrale von Carne School anrufen, die ihn mit jedem gewünschten Teilnehmer verbinden würde.

Miss Brimley, die ihn beobachtete, wünschte sich, sie wüßte etwas mehr über George Smiley, etwa, wieviel von jener Scheu nur angenommen, wie verwundbar er war.

»Der Beste«, hatte Adrian gesagt. »Der Stärkste und der Beste.«

Aber so viele Männer hatten im Krieg Stärke gewonnen, hatten schreckliche Dinge gelernt, und ihr Wissen mit einem Schauder wieder abgelegt, als er zu Ende war.

Bei der Nummer klingelte es jetzt. Sie hörte das Amtsfreizeichen und war einen Augenblick von Furcht erfüllt. Zum erstenmal hatte sie Angst, sich lächerlich zu machen, Angst, in unwahrscheinliche Auseinandersetzungen mit steifen, argwöhnischen Leuten verwickelt zu werden.

»Mr. Terence Fielding bitte ...« Eine Pause.

»Fielding, guten Abend. Mein Name ist George Smiley; ich habe Ihren Bruder gut gekannt, im Krieg. Wir haben uns tatsächlich einmal kennengelernt ... Ja, ja, ganz richtig – Magdalen, war es nicht vorvorigen Sommer? Hören Sie, ich möchte fragen, ob ich Sie einmal in einer persönlichen Angelegenheit aufsuchen dürfte ... ziemlich schwierig, am Telefon zu erklären. Eine Freundin von mir hat einen etwas beunruhigenden Brief von der Frau eines Lehrers in Carne bekommen ... Nun, ich ... Rode, Stella Rode; ihr Mann ...«

Plötzlich erstarrte er, und Miss Brimley, die Augen auf ihn gerichtet, sah entsetzt, wie sein pausbäckiges Gesicht einen Ausdruck von Schmerz und Abscheu bekam. Sie hörte nicht mehr, was er sagte. Sie konnte nur die schreckliche Veränderung seines Gesichtes beobachten, und wie die Knöchel seiner Hand, die den Hörer festhielten, weiß wurden. Er sah sie jetzt an, sagte etwas ... es war zu spät. Stella Rode war tot. Sie war Mittwoch spät am Abend ermordet worden. Sie waren sogar an jenem Abend, als es geschah, bei Fielding zum Dinner gewesen.

3

Die Mordnacht

Der Sieben-Uhr-fünf von London-Waterloo nach Yeovil ist kein beliebter Zug, obwohl man in ihm ein ausgezeichnetes Frühstück bekommt. Smiley hatte keine Mühe, ein leeres Erster-Klasse-Abteil zu finden. Es war ein bitterkalter Tag, dunkel, und der Himmel schwer von Schnee. Smiley saß in einen umfangreichen Reisemantel kontinentaler Herkunft gehüllt und hielt ein Bündel Zeitungen dieses Tages in seinen behandschuhten Händen. Da er ein pedantischer Mensch war und keinen Wert darauf legte, zu hetzen, war er dreißig Minuten vor der Abfahrtszeit des Zuges eingetroffen. Noch müde von den Belastungen der vorangegangenen Nacht, in der er aufgeblieben war und mit Ailsa Brimley bis weiß Gott wann geredet hatte, verspürte er keine Lust, zu lesen. Als er aus dem Fenster auf einen fast leeren Bahnhof blickte, gewahrte er zu seiner großen Überraschung Miss Brimley, die den Bahnsteig hinunterging und in die Fenster sah, eine Tragtasche in der Hand. Er ließ das Fenster herunter und rief ihr zu: »Meine liebe Brim, was tust du denn so schrecklich früh hier? Du solltest im Bett sein.«

Sie setzte sich ihm gegenüber, packte ihre Tasche aus und überreichte ihm den Inhalt: Thermosflasche, belegte Brote und Schokolade.

»Ich wußte nicht, ob der Zug einen Speisewagen führt«, erklärte sie, »und außerdem wollte ich mich von dir verabschieden. Du bist so nett, George, und ich wünschte, ich könnte dich begleiten. Aber Unipress würde wild werden, wenn ich's täte. Sie bemerken einen nur dann, wenn man nicht da ist.«

»Hast du die Zeitungen gelesen?« fragte er.

»Nur flüchtig, unterwegs hierher. Sie meinen anscheinend, daß es nicht er war, sondern irgendein Verrückter.«

»Ich weiß, Brim. Das sagte auch Fielding, nicht wahr?« Ein Augenblick unbehaglichen Schweigens folgte.

»George, bin ich ein schrecklicher Dummkopf, wenn ich dich so reisen lasse? Gestern nacht war ich sicher, aber jetzt überlege ich ...«

»Nachdem du gegangen warst, rief ich Ben Sparrow vom Sonderdezernat an. Du erinnerst dich doch an ihn, nicht? Er war im Krieg bei uns. Ich erzählte ihm die ganze Geschichte.«

»George! Um drei Uhr morgens?«

»Ja. Er ruft den Polizei-Superintendenten in Carne an. Er wird ihm von dem Brief berichten, und daß ich komme. Ben hatte den Einfall, daß jemand namens Rigby den Fall bearbeiten sollte. Rigby und Ben waren zusammen auf der Polizeischule.« Er sah sie einen Augenblick freundlich an. »Außerdem, ich bin ein Mann, der Zeit hat, Brim. Die Abwechslung wird mir guttun.«

»Dank dir, George«, sagte Miss Brimley, Frau genug, ihm zu glauben.

Sie stand auf, um zu gehen, und Smiley sagte: »Brim, solltest du sonst irgendeine Hilfe brauchen, oder irgendwas, und mich nicht erreichen können – es gibt jemanden namens Mendel, er wohnt in Mitcham, ein pensionierter Polizeiinspektor. Er steht im Telefonbuch. Wenn du ihn erreichst und dich auf mich berufst, wird er für dich tun, was er kann. Ich habe ein Zimmer im ›Sawley Arms‹ bestellt.«

Wieder allein, besah Smiley den Vorrat an Essen und Trinken, den Miss Brimley besorgt hatte. Er hatte sich den Luxus eines Frühstücks im Speisewagen versprochen. Er würde die Brote und den Kaffee für später aufheben, das war das beste; vielleicht fürs Mittagessen. Und er würde ordentlich frühstücken.

Im Speisewagen las Smiley zuerst die weniger sensationellen Berichte über den Tod von Stella Rode. Aus ihnen ging hervor, daß Mr. und Mrs. Rode am Mittwochabend Gäste bei einem Dinner von Mr. Terence Fielding gewesen waren, dem Senior der Internatsleiter von Carne und Bruder des verstorbenen Adrian Fielding, des berühmten Romanisten, der während des Krieges als Sonderbeauftragter des Kriegsministeriums verschwunden war. Sie hatten Mr. Fieldings Haus gemeinsam um etwa zehn vor elf verlassen und waren zu Fuß die achthundert Meter vom Zentrum von Carne zu ihrem Haus gegangen, das einsam am Rande der berühmten Carne-Sportplätze stand. Als sie ihr Haus erreichten, fiel Mr. Rode ein, daß er in Mr. Fieldings Haus einige Prüfungsarbeiten hatte liegenlassen, die noch in dieser Nacht eilige Korrekturen erforderten. (An dieser Stelle fiel Smiley ein, daß er vergessen hatte, seinen Smoking einzupacken, und daß ihn Fielding höchstwahrscheinlich zum Essen einladen würde.) Rode beschloß, zu Fieldings Haus zurückzugehen und die Prüfungsarbeiten zu holen, und war daher etwa um fünf nach elf umgekehrt. Offenbar hatte sich Mrs. Rode eine Tasse Tee gemacht und ins Wohnzimmer gesetzt, um die Rückkehr ihres Mannes zu erwarten.

An der Rückseite des Hauses befindet sich ein Wintergarten, dessen Innentür zum Wohnzimmer führt. Dort fand Rode schließlich seine Frau, als er zurückkehrte. Es gab Spuren eines Kampfes, und gewisse billige Schmuckstücke fehlten an der Leiche. Das Durcheinander im Wintergarten war schrecklich. Glücklicherweise war am Mittwochnachmittag Neuschnee gefallen, und Kriminalbeamte aus Dorchester untersuchten die Fußabdrücke und andere Spuren am frühen Morgen des Donnerstags. Mr. Rode war im Zentralkrankenhaus von Dorchester wegen Schock behandelt worden. Die Polizei wollte eine Frau aus dem nahe gelegenen Dorf Pylle vernehmen, die wegen ihrer exzentrischen und seltsamen Gewohnheiten örtlich als »Verrückte Janie« bekannt war. Mrs. Rode, die in Carne wegen ihres tatkräftigen Wirkens zugunsten des Internationalen Flüchtlingsjahres wohlbekannt war, hatte offenbar ein mitleidiges Interesse an ihrem Ergehen gezeigt. Janie war seit der Mordnacht verschwunden, ohne eine Spur zu hinterlassen. Die Polizei war augenblicklich der Meinung, daß der Mörder Mrs. Rode durch das Wohnzimmerfenster gesehen (sie hatte die Vorhänge nicht zugezogen), und daß Mrs. Rode den Mörder an der Vordertür eingelassen habe, im Glauben, es sei ihr von Mr. Fieldings Haus zurückkehrender Mann. Der Pathologe des Innenministeriums hatte die Weisung erhalten, eine Obduktion vorzunehmen.

Die anderen Berichte waren nicht so zurückhaltend. »Ein abscheulicher Mord entweiht die geheiligten Sportplätze von Carne« begann einer, und ein anderer: »Chemielehrer findet ermordete Frau in blutbespritztem Wintergarten.« Ein dritter schrie: »Verrückte Frau im Carne-Mord gesucht.« Mit einem Ausdruck des Abscheus knüllte Smiley alle Zeitungen außer dem *Guardian* und der *Times* zusammen und warf sie ins Gepäcknetz.

Er stieg in Yeovil in einen Lokalzug nach Sturminster, Okeford und Carne um. Es war etwas nach elf Uhr, als er endlich in der Bahnstation Carne ankam.

Vom Bahnhof rief er das Hotel an und schickte sein Gepäck mit einem Taxi voraus. Das »Sawley Arms« war nur am Kriegsgedenk- und am St.-Andreas-Tag voll. Die meiste Zeit des Jahres war es leer; es saß wie eine prüde viktorianische Dame, sein Schieferdach in der violetten Farbe der Halbtrauer, auf schlechtgepflegtem Rasen zwischen dem Bahnhof und der Abtei Carne.

Es lag noch immer Schnee, aber der Tag war schön und trocken. Smiley beschloß, in die Stadt zu gehen und sich mit dem Polizeibeamten zu verabreden, der die Morduntersuchung leitete. Er verließ den Bahnhof mit seinem Vorgeschmack viktorianischer Nüchternheit und ging die Allee kahler Bäume hinunter, die zu dem großen Turm der Abtei führte; der Bau zeichnete sich platt und schwarz vom farblosen Winterhimmel ab. Smiley überquerte den Hof der Abtei, einen ehrwürdigen und wunderbaren Platz mit mittelalterlichen Häusern; die Dächer waren schneebedeckt, der weiße Rasen war durch die feinen Striche der Gräser schattiert. Als er die Westtür der Abtei passierte und der weiche Schnee unter seinen Schritten knirschte, schlug die Glocke hoch über ihm die halbe Stunde: zwei Ritter zu Pferde sprengten aus ihrer kleinen Burg über der Pforte und hoben langsam die Lanzen, um einander zu begrüßen. Dann öffneten sich, als sei das alles ein Teil des gleichen Uhrwerkes, andere Türen rund um den Hof und entließen Schwärme schwarzröckiger Jungen, die durch den Schnee zur Abtei stürmten. Ein Junge kam so nahe vorbei, daß sein Talar Smileys Ärmel streifte. Smiley rief ihn an, als er vorbeirannte.

»Was ist los?«

»Sext*«, schrie der Junge als Antwort und war verschwunden.

Er ging am Haupteingang der Schule vorbei und kam sogleich zum Verwaltungszentrum der Stadt, in ein trauriges Märchenland, aus dem Gestein der Gegend im Stil des 19. Jahrhunderts erbaut, und zusammengehalten durch ein Gewirr gotischer Schornsteine und schießschartenähnlicher Fenster. Hier war das Rathaus, und daneben, mit der St.-Georges-Fahne am Flaggenmast, die Polizeidirektion von Carne, vor neunzig Jahren erbaut, um dem Ansturm von Bogenschützen und Rammböcken zu trotzen.

Er nannte dem Wachhabenden seinen Namen und bat, den Polizeibeamten sprechen zu können, der den Tod von Mrs. Rode untersuchte. Der Sergeant, ein älterer, undurchdringlicher Mann, wandte sich dem Telefon mit einer gewissen Förmlichkeit zu, als gelte es, ein schwieriges Taschenspielerkunststück zu vollführen. Zu Smileys Überraschung wurde ihm gesagt, daß Inspektor Rigby sich freuen würde, ihn sofort zu empfangen, und ein Polizeianwärter wurde aufgefordert, ihm den Weg zu zeigen. Er wurde in munterem Tempo das weite Treppenhaus in der Mitte der Halle hinaufgeführt und befand sich in wenigen Augenblicken vor dem Inspektor.

* Die sechste der kanonischen Stunden oder Gebetszeiten (gegen 12 Uhr mittags).

Er war ein sehr gedrungener und sehr breitschultriger Mann. Er hätte ein Kelte aus den Zinnminen von Cornwall oder den Kohlenschächten von Wales sein können. Sein dunkles, graumeliertes Haar war sehr kurz geschnitten; es wuchs wie eine Teufelskappe in einer Spitze in seine Stirn hinein. Seine Hände waren groß und kraftvoll, er hatte den Leib und die Haltung eines Ringers, aber er sprach langsam, seine leise Stimme hatte den brummenden Ton von Dorset. Smiley bemerkte rasch, daß er eine bei kleinen Menschen seltene Eigenschaft besaß: Offenheit. Obwohl seine Augen dunkel und leuchtend waren, seine Körperbewegungen rasch, vermittelte er einen Eindruck von Ehrlichkeit und Geradheit.

»Ben Sparrow rief mich heute morgen an, Sir. Ich bin sehr froh, daß Sie gekommen sind. Ich nehme an, Sie haben einen Brief für mich.«

Rigby sah Smiley nachdenklich über seinen Schreibtisch hinweg an und entschied, daß ihm gefiel, was er sah. Er war im Krieg herumgekommen und hatte ein wenig, nur ein klein wenig, von der Arbeit in George Smileys Abteilung gehört. Wenn Ben sagte, Smiley sei in Ordnung, so genügte ihm das – oder beinahe. Aber Ben hatte mehr als das gesagt: »Sieht aus wie ein Frosch, zieht sich an wie ein Buchmacher und hat einen Verstand, für den ich meine Augen hergäbe. Hat eklige Zeiten erlebt im Krieg. Wirklich sehr eklig.«

Nun, er sah wie ein Frosch aus, wahrhaftig. Gedrungen und stämmig, runde Brille mit dicken Gläsern, die seine Augen vergrößerten. Und seine Kleider *waren* eigenartig. Teuer, wohlgemerkt, das konnte man sehen. Aber seine Jacke schien zu drapieren, wo gar kein Platz für Drapierung war. Was Rigby überraschte, war seine

Schüchternheit. Rigby hatte jemanden erwartet, der ein wenig auftrumpfte, ein wenig zu glatt für Carne, während Smiley tatsächlich eine ernsthafte Förmlichkeit an den Tag legte, die Rigbys konservativem Geschmack zusagte.

Smiley nahm das Schreiben aus seiner Brieftasche und legte es auf den Tisch, während Rigby eine alte goldgefaßte Brille aus einem abgenutzten Metallfutteral herausnahm und die Bügel sorgfältig über den Ohren befestigte.

»Ich weiß nicht, ob Ben das erklärt hat«, sagte Smiley, »aber dieser Brief wurde an die Korrespondenzabteilung einer kleinen Nonkonformisten-Zeitschrift geschickt, die Mrs. Rode abonniert hat.«

»Und Miss Fellowship ist die Dame, die Ihnen den Brief brachte?«

»Nein; sie heißt Brimley. Sie gibt die Zeitschrift heraus. Fellowship ist nur ein Deckname für die Bearbeiterin des Leserbriefkastens.«

Die braunen Augen richteten sich einen Augenblick auf ihn.

»Wann erhielt sie diesen Brief?«

»Gestern, am Siebzehnten. Donnerstag ist der Tag, an dem sie in Druck gehen, ihr arbeitsreichster Tag. Die Nachmittagspost wird gewöhnlich erst am Abend geöffnet. Dieser Brief wurde gegen sechs Uhr geöffnet, glaube ich.«

»Und sie brachte ihn sofort zu Ihnen?«

»Ja.«

»Warum?«

»Sie arbeitete im Krieg für mich, in meiner Abteilung. Sie hatte Hemmungen, direkt zur Polizei zu gehen – ich war die einzige Person, die ihr einfiel und die kein

Polizist war«, fügte er albern hinzu. »Die helfen konnte, meine ich.«

»Darf ich fragen, Sir, was Sie selbst für einen Beruf ausüben?«

»Nichts Besonderes. Ein bißchen Privatforschung über Deutschland im siebzehnten Jahrhundert.« Es klang sehr läppisch.

Rigby schien das nicht zu stören.

»Was ist mit diesem früheren Brief, den sie erwähnt?«

Smiley übergab ihm nun den zweiten Umschlag, und wieder nahm ihn die große, viereckige Hand entgegen.

»Sie gewann das Preisausschreiben«, erklärte Smiley. »Ihre Einsendung bekam den Preis. Ich höre, daß sie aus einer Familie stammt, die die Zeitschrift seit ihrer Gründung abonniert hat. Aus diesem Grund war Miss Brimley auch weniger geneigt, den Brief als Unsinn zu betrachten. Nicht, daß daraus folgt –«

»Nicht, daß was daraus folgt?«

»Ich meinte, die Tatsache, daß ihre Familie die Zeitschrift seit fünfzig Jahren abonniert hat, schließt logischerweise keineswegs die Möglichkeit aus, daß sie geistesgestört war.«

Rigby nickte, als verstehe er, was gemeint war, aber Smiley hatte das ungemütliche Gefühl, daß dem nicht so war.

»Ah«, sagte Rigby mit einem langsamen Lächeln, »Frauen, wie?«

Smiley, völlig verwirrt, lachte ein bißchen. Rigby sah ihn nachdenklich an.

»Kennen Sie irgend jemanden vom Lehrkörper hier, Sir?«

»Nur Mr. Terence Fielding. Wir lernten uns vor einiger Zeit bei einem Dinner in Oxford kennen. Ich wollte ihn aufsuchen. Ich habe seinen Bruder ganz gut gekannt.«

Rigbys Haltung schien sich bei der Erwähnung Fieldings etwas zu versteifen, aber er sagte nichts.

Smiley fuhr fort: »Fielding habe ich auch angerufen, als mir Miss Brimley den Brief brachte. Er gab mir die Nachricht. Das war gestern nacht.«

»Ich verstehe.«

Wieder sahen sie einander schweigend an, Smiley unbehaglich und etwas komisch, Rigby ihn abschätzend und überlegend, wieviel er sagen sollte.

»Wie lange bleiben Sie?« fragte er schließlich.

»Ich weiß nicht«, erwiderte Smiley. »Miss Brimley wollte selbst herkommen, aber sie muß sich um ihre Zeitschrift kümmern. Sie legte großen Wert darauf, alles in ihren Kräften Stehende für Mrs. Rode zu tun, obwohl diese bereits tot war. Weil sie Abonnentin war, glaube ich. Ich versprach, mich darum zu kümmern, daß dieser Brief rasch in die richtigen Hände käme. Ich glaube nicht, daß ich sonst noch viel tun kann. Wahrscheinlich werde ich ein oder zwei Tage bleiben, nur um mich mit Fielding zu unterhalten ... der Beerdigung beizuwohnen. Ich habe mich im ›Sawley Arms‹ einquartiert.«

»Ordentliches Hotel.«

Rigby legte die Brille sorgfältig ins Futteral zurück und ließ dieses in eine Schublade fallen.

»Komischer Ort, Carne. Es besteht eine tiefe Kluft zwischen Bürgerrock und Gelehrtentalar, wie wir sagen; keine Seite kennt oder mag die andere. Furcht bewirkt das, Furcht und Unwissenheit. Das macht es schwer in einem Fall wie diesem. Oh, ich kann Mr. Fielding und Mr. D'Arcy besuchen, und sie sagen ›Guten Tag, Sergeant‹ und laden mich zu einer Tasse Tee in der Küche ein, aber ich kann mit ihnen nicht warm werden. Sie haben ihre eigene Gemeinschaft, und keiner kann da von draußen hinein. Kein Klatsch in den Lokalen, keine Kontakte, nichts ... nur Tee und Aniskuchen und die Anrede ›Sergeant‹.« Rigby lachte plötzlich, und Smiley lachte erleichtert mit ihm. »Es gibt 'ne Menge Dinge, die ich sie fragen möchte, 'ne Menge; wer die Rodes leiden konnte, und wer nicht, ob Mr. Rode ein guter Lehrer ist, und ob seine Frau zu den anderen paßte. Ich habe die nackten Tatsachen, aber gewissermaßen keine Kleider dazu.« Er sah Smiley erwartungsvoll an. Ein langes Schweigen folgte.

»Wenn Sie wollen, daß ich mithelfe, wird mich das freuen«, sagte Smiley schließlich. »Aber lassen Sie mich zuerst die Tatsachen wissen.«

»Stella Rode wurde in der Nacht von Mittwoch, dem Sechzehnten, etwa zwischen zehn nach elf und Viertel vor zwölf ermordet. Sie muß mit einem Knüppel, einem Stück Rohr oder sonst etwas fünfzehn- bis zwanzigmal geschlagen worden sein. Es war ein schrecklicher Mord ... schrecklich. Ihr ganzer Körper ist voll Wunden. Vermutlich kam sie aus dem Wohnzimmer zur Vordertür, weil es geklingelt hatte; als sie die Tür öffnete, wurde sie niedergeschlagen und zum Wintergarten geschleift. Die Tür zum Wintergarten war nämlich nicht versperrt.«

»Ich begreife ... Merkwürdig, daß er das gewußt haben sollte, wie?«

»Der Mörder kann sich dort schon versteckt gehalten haben; wir können das nach den Spuren gerade dort nicht feststellen. Er trug Gummistiefel, Größe 10½. Nach dem Abstand der Fußspuren im Garten kann man annehmen, daß er ungefähr 1 Meter 80 groß war. Nachdem er sie in den Wintergarten gezerrt hatte, muß er wiederholt auf sie eingeschlagen haben – hauptsächlich auf den Kopf. Im Wintergarten ist eine Menge von dem, was wir verströmtes Blut nennen, das heißt Blut, das aus einer offenen Arterie gespritzt ist. Sonst gibt's davon nirgends eine Spur.«

»Und keine Spur davon an ihrem Mann?«

»Ich werde später noch darauf zu sprechen kommen, aber die kurze Antwort ist nein.« Er hielt einen Augenblick inne und fuhr fort: »Nun, ich sagte, es gäbe Fußspuren, und es gab sie tatsächlich. Der Mörder kam durch den Hintergarten. Woher er kam und wohin er ging, weiß der Himmel. Sehen Sie, es gibt keine vom Tatort wegführenden Fußspuren – nicht von Gummistiefeln. Überhaupt keine. Es ist natürlich möglich, daß die wegführenden Spuren dem Pfad zur Vorderpforte folgten und dann im späteren Hin- und Herlaufen in der Nacht verlorengingen. Aber ich glaube nicht, daß wir sie selbst dann verloren hatten.« Er warf einen kurzen Blick auf Smiley und setzte hinzu: »Er ließ etwas im Wintergarten zurück – einen alten Stoffgürtel, marineblau, von einem billigen Mantel, dem Aussehen nach. Wir bearbeiten das jetzt.«

»Wurde sie ... beraubt oder sonst etwas?«

»Kein Zeichen von Gewaltanwendung. Sie trug eine Kette grüner Perlen um den Hals; die sind verschwunden; und es sieht so aus, als ob er versuchte, ihr die Ringe vom Finger zu ziehen, aber sie saßen zu fest.« Er hielt inne. »Ich brauche Ihnen kaum zu sagen, daß wir Berichte aus allen Ecken des Landes über große Männer in blauen Mänteln und Gummistiefeln bekommen haben. Aber keiner von ihnen hatte Flügel, soviel ich weiß.

Oder Siebenmeilenstiefel, um vom Wintergarten bis zur Straße zu springen.«

Sie unterbrachen das Gespräch, während ein junger Polizist Tee auf einem Tablett hereinbrachte. Er stellte es auf dem Tisch ab, sah Smiley aus den Augenwinkeln an und entschied, dem Inspektor das Eingießen zu überlassen. Er drehte die Teekanne herum, so daß der Griff bei Rigby war und zog sich zurück. Smiley war amüsiert über den makellosen Zustand der Tablettdecke, über das zueinander passende Porzellan und das Teesieb, die von den enormen Händen des Polizisten vor sie hingestellt worden waren. Rigby goß den Tee ein, und sie tranken eine Weile schweigend. Rigby hatte, überlegte Smiley, etwas umwerfend Kompetentes. Gerade die Alltäglichkeit des Mannes und seines Zimmers identifizierten ihn mit der Gesellschaft, die er beschützte. Die unklassifizierbaren Möbel, die hölzernen Aktenschränke, die kahlen Wände, das altmodische Telefon mit seiner gesonderten Hörmuschel, der braune Fries um die Wand und der braune Anstrich der Tür, das glänzende Linoleum und der leichte Geruch von Karbol, das blubbernde Gasfeuer und der Kalender einer Versicherungsgesellschaft – dies waren die Beweise von Rechtschaffenheit und Mäßigung; ihre Kargheit gab Trost und Zuversicht.

Rigby fuhr fort: »Rode ging zu Fieldings Haus zurück, um die Prüfungsarbeiten zu holen. Fielding bestätigt das selbstverständlich. Rode traf in Fieldings Haus gegen 11 Uhr 35 ein, soweit Fielding das sagen kann. Er hielt sich dort kaum auf, sammelte nur seine Prüfungsarbeiten an der Tür ein – sie waren in einer kleinen Aktenmappe, die er zum Tragen von Lehrbüchern verwendete. Er erinnert sich nicht, ob er jemanden auf der Straße gesehen hat. Er meint, daß ihn ein Radfahrer überholt hat, ist aber nicht sicher. Wenn wir Rode glauben, so ging er direkt nach Hause. Dort angekommen, klingelte er. Er trug einen Smoking und hatte daher keinen Schlüssel bei sich. Seine Frau erwartete, daß er klingeln würde, wissen Sie. Das ist das Teuflische daran. Es war eine mondhelle Nacht, wohlgemerkt; der Boden schneebedeckt, so daß man überaus weit sehen konnte. Er rief sie, aber sie antwortete nicht. Dann sah er Fußspuren, die um das Haus herumführten. Nicht bloß Fußabdrücke, sondern auch Blutspuren und aufgewühlten Schnee, dort wo der Leichnam zum Wintergarten geschleift worden war. Aber im Mondlicht wußte er nicht, daß es Blut war; es waren nur dunkle Flecken, und Rode sagte später, er habe gedacht, es sei das Schmutzwasser aus den Dachrinnen, das über den Schnee lief. Er folgte den Spuren, bis er zum Wintergarten kam. Drinnen war es dunkler, und er tastete nach dem Lichtschalter, der aber nicht funktionierte.«

»Zündete er ein Streichholz an?«

»Nein, er hatte keine. Er ist Nichtraucher. Seine Frau mochte Rauchen nicht. Er bewegte sich von der Tür weiter. Die Wände des Wintergartens bestehen hauptsächlich aus Glas, bis auf einen Mauersockel von ein Meter Höhe, aber das Dach ist mit Schindeln gedeckt. Der Mond stand in jener Nacht hoch, und es drang nicht viel Licht hinein, außer durch das Verbindungsfenster zwischen Wintergarten und Wohnzimmer – sie hatte jedoch nur eine kleine Tischlampe im Wohnzimmer brennen. So tastete er sich weiter, redete die ganze Zeit, rief nach Stella, seiner Frau. Im Gehen stolperte er über etwas und fiel beinahe hin. Er kniete nieder und tastete mit den Händen, ihren Körper entlang. Er bemerkte, daß seine Hände mit Blut bedeckt waren. Danach erinnerte er sich an fast nichts mehr, aber es gibt einen älteren Lehrer, der einige hundert Meter die Straße aufwärts wohnt – Mr. D'Arcy heißt er, wohnt bei seiner Schwester –, und der hörte ihn auf der Straße schreien. D'Arcy ging zu ihm hinaus. Rode hatte Blut überall, an den Händen und im Gesicht, und schien wie von Sinnen. D'Arcy rief die Polizei an, und ich kam gegen ein Uhr morgens hin. Ich habe wohl schon einiges an scheußlichen Dingen gesehen, aber dies war das scheußlichste. Überall Blut. Wer sie auch ermordet hat, muß damit bedeckt gewesen sein. Es gibt einen Außenhahn an der Wintergartenwand. Der Hahn war angedreht, wahrscheinlich vom Mörder, der sich die Hände säubern wollte. Die Fachleute haben im Schnee darunter Blutspuren gefunden. Der Hahn war vor kurzem von Rode gedichtet worden, wie man mir gesagt hat ...«

»Und Fingerabdrücke?« fragte Smiley. »Wie steht's damit?«

»Die von Mr. Rode waren überall. Auf dem Boden, den Wänden und Fenstern, sogar auf der Leiche. Aber es gab auch andere Abdrücke; Blutwischer, wenig mehr, wahrscheinlich von einer behandschuhten Hand verursacht.«

»Und das waren die des Mörders?«

»Sie waren da, *ehe* Rode seine hinterließ. In einigen Fällen waren Rodes Abdrücke teilweise über die Handschuhabdrücke gelagert.«

Smiley schwieg eine Weile.

»Diese Prüfungsarbeiten, derentwegen er zurückging. Waren sie denn so wichtig?«

»Ja. Wie man mir gesagt hat, ja. Jedenfalls einigermaßen. Die Zensuren waren Mr. D'Arcy bis Freitag auszuhändigen.«

»Aber warum nahm er sie dann vorher zu Fielding mit?«

»Das tat er nicht. Er hatte den ganzen Nachmittag Prüfungsaufsicht gehabt, und die Arbeiten wurden ihm um sechs Uhr ausgehändigt. Er tat sie in seine Mappe und ließ sie durch einen Jungen zu Fielding bringen – durch den Präfekten in Mr. Fieldings Haus. Sein Name ist Perkins. Rode hatte letzte Woche Kirchendienst, daher hatte er keine Zeit, vor dem Abendessen nach Hause zu gehen.«

»Wo zog er sich dann um?«

»Im Lehrerankleidezimmer neben den Gemeinschaftsräumen. Dort gibt es Einrichtungen, hauptsächlich für Sportlehrer, die etwas entfernt von Carne wohnen.«

»Der Junge, der die Mappe zu Fieldings Haus brachte – wer war das?«

»Ich kann Ihnen nicht viel mehr sagen, als ich bereits getan habe. Sein Name ist Perkins; er ist Präfekt von Mr. Fieldings Haus. Fielding hat mit ihm gesprochen und Rodes Aussage bestätigt ... Internatsleiter sind sehr auf ihre Jungen bedacht, wissen Sie ... mögen es nicht, wenn rauhe Polizisten mit ihnen sprechen.« Rigby schien etwas aufgebracht.

»Ich begreife«, sagte Smiley endlich, hilflos, und dann: »Aber wie erklären Sie den Brief?«

»Wir haben nicht nur den Brief zu erklären.«

Smiley sah ihn scharf an. »Was meinen Sie?«

»Ich meine«, sagte Rigby langsam, »daß Mrs. Rode in den letzten Wochen einige ziemlich merkwürdige Dinge getan hat.«

4

Bürgerrock und Gelehrtentalar

»Mrs. Rode gehörte natürlich zur Chapel*-Gemeinde«, fuhr Rigby fort, »und dazu gehören in Carne ziemlich viele. Um die Wahrheit zu sagen«, fügte er mit einem langsamen Lächeln hinzu, »meine Frau gehört auch dazu. Vor einigen Wochen kam unser Prediger mich besuchen. Es war am Abend, so um halb sieben. Ich dachte gerade ans Nachhausegehen. Er kam hier herein und setzte sich dahin, wo Sie jetzt sitzen. Er ist ein großer Kerl, der Prediger, ein feiner Mann; kommt aus dem Norden, wo auch Mrs. Rode herstammt. Cardew heißt er.«

»Der Mr. Cardew in dem Brief?«

»Ja, der. Er wußte alles über Mrs. Rodes Familie, bevor die Rodes überhaupt hierherkamen. Glaston, der Name bedeutet im Norden etwas, und Mr. Cardew war sehr entzückt, als er hörte, daß Stella Rode Mr. Glastons Tochter war, sehr entzückt. Mrs. Rode ging regelmäßig wie die Uhr zum Bethaus, wie Sie sich denken können, und das schätzt man hier. Meine Frau war begeistert wie nur was, kann ich Ihnen sagen. Es war das erste Mal, daß irgend jemand aus den Schulkreisen das getan hatte.

* Dissenter (Protestanten, die sich nicht zur anglikanischen Kirche bekennen).

Die meisten Chapel-Anhänger hier sind Kaufleute – was wir die Ortseingesessenen nennen.« Rigby lächelte wieder. »Es passiert nicht oft, daß Bürgerrock und Gelehrtentalar sozusagen zusammenkommen. Nicht hier.«

»Wie steht's mit ihrem Mann? Gehörte er auch zur Chapel?«

»Nun, er hatte dazugehört, so hatte sie Mr. Cardew erzählt. Mr. Rode war in Branxome geboren und aufgewachsen, und seine ganze Familie gehörte zur Chapel-Gemeinde. Ich hörte, daß Mr. und Mrs. Rode sich so zum erstenmal begegnet sind – im Bethaus von Branxome. Waren Sie jemals dort? Eine feine Kirche, Branxome, ganz oben auf dem Hügel, mit Blick aufs Meer.«

Smiley schüttelte den Kopf, und Rigbys große braune Augen ruhten einen Augenblick nachdenklich auf ihm.

»Sie sollten hinfahren«, sagte er, »Sie sollten hinfahren und sie sich ansehen. Es scheint«, fuhr er fort, »daß Mr. Rode zur anglikanischen Kirche übertrat, als er nach Carne kam. Versuchte sogar, auch seine Frau dazu zu überreden. Sie sind sehr stark hier an der Schule. Das erfuhr ich eigentlich von meiner Frau. In der Regel lasse ich mir von ihr als Polizistenfrau keinen Klatsch erzählen, aber Mr. Cardew sagte es ihr selbst.«

»Ich verstehe«, sagte Smiley.

»Also, Cardew kam und besuchte mich. Er war ganz durcheinander und mit sich uneins. Er wußte nicht, was er davon halten sollte, wollte aber mit mir als Freund und nicht als Polizisten sprechen.« Rigby sah verdrießlich drein. »Wenn die Leute mir das sagen, weiß ich immer, daß sie doch mit mir als Polizisten sprechen wollen. Dann erzählte er mir seine Geschichte. Mrs. Rode hätte ihn an diesem Nachmittag besucht. Er sei aus gewesen, eine Bäuerin drüben in Okeford zu besuchen, und nicht vor etwa halb sechs nach Hause gekommen, daher hatte Mrs. Cardew mit ihr sprechen und die Festung halten müssen, bis der Prediger heimkam. Mrs. Rode war weiß wie ein Leintuch und saß sehr still am Feuer. Sowie der Prediger eintraf, ließ Mrs. Cardew sie allein, und Stella Rode begann über ihren Mann zu sprechen.« Er machte eine Pause. »Sie sagte, Mr. Rode wolle sie töten. In den langen Nächten. Sie schien eine Art fixer Idee zu haben, daß sie in den langen Nächten ermordet werden würde. Cardew nahm das zuerst nicht allzu ernst, entschied aber, nachdem er es hinterher überdacht hatte, es mich wissen zu lassen.«

Smiley sah ihn scharf an.

»Er konnte nicht herausbekommen, was sie meinte. Er dachte, sie sei von Sinnen. Er ist ein nüchterner Mann, wissen Sie, obwohl er Prediger ist. Ich glaube, er war vielleicht etwas zu streng mit ihr. Er fragte, wer ihr diesen schrecklichen Gedanken in den Kopf gesetzt habe, und sie begann zu weinen. Offenbar nicht hysterisch, sondern still für sich. Er versuchte, sie zu beruhigen, versprach, ihr in jeder möglichen Weise zu helfen, und fragte sie wieder, wie sie auf die Idee gekommen sei. Sie schüttelte nur den Kopf, stand dann auf und ging zur Tür, immer noch verzweifelt den Kopf schüttelnd. Sie wandte sich ihm zu, und er dachte, sie würde etwas sagen, doch sie sagte nichts. Sie ging einfach weg.«

»Wie außerordentlich seltsam, daß sie in ihrem Brief darüber nicht die Wahrheit gesagt hat. Sie strengte sich besonders an, zu erklären, daß sie Cardew *nichts* gesagt hätte.«

Rigby zuckte mit den breiten Schultern.

»Entschuldigen Sie«, sagte er, »ich bin in einer verflixt schwierigen Lage. Der Polizeidirektor würde sich eher den Hals abschneiden als Scotland Yard zuziehen. Er will eine Verhaftung, und zwar rasch. Wir haben genug Anhaltspunkte, um einen Weihnachtsmann damit zu dekorieren: Fußabdrücke, Mordzeit, Angaben über die Kleidung des Mörders und sogar noch die Mordwaffe.«

Smiley sah ihn überrascht an. »Sie haben die Waffe also *gefunden?*«

Rigby zögerte. »Ja, wir haben sie gefunden. Kaum eine Menschenseele weiß das, Sir, und ich bitte Sie, das nicht zu vergessen. Wir fanden sie am Morgen nach dem Mord, sechs Kilometer nördlich von Carne, auf der Straße nach Okeford. Sie war in einen Graben geworfen worden. Ein fünfundvierzig Zentimeter langes Stück eines sogenannten Koaxialkabels. Sie kennen das doch? Es gibt sie in allen Größen, aber dieses Stück hat etwa fünf Zentimeter Durchmesser. Ein Kupferstab läuft durch die Mitte, und zwischen Stab und Außenhülle befindet sich eine Plastikisolierung. Es war Blut daran: Stella Rodes Blutgruppe, und Haare von ihrem Kopf, die im Blut klebten. Wir bewahren darüber Stillschweigen. Gott sei Dank wurde das von einem von unseren Leuten gefunden. Es weist auf die Richtung hin, die der Mörder eingeschlagen hat.«

»Es gibt keinen Zweifel, daß es die Mordwaffe ist?« fragte Smiley lahm.

»Wir haben Kupferteilchen in den Wunden der Leiche gefunden.«

»Merkwürdig, nicht wahr«, äußerte Smiley nachdenklich, »daß der Mörder die Waffe so weit getragen hat, bevor er sich ihrer entledigte. Besonders, wenn er zu Fuß ging. Man sollte doch annehmen, daß er sie loswerden wollte, sobald er konnte.«

»Es ist merkwürdig. Sehr merkwürdig. Die Straße

nach Okeford läuft die Hälfte dieser sechs Kilometer am Kanal entlang; er hätte das Kabel dort überall irgendwo in den Kanal werfen können. Wir wären also nicht klüger gewesen.«

»War das Kabel alt?«

»Nicht besonders. Nur ein Standardtyp. Es hätte so ungefähr von überall her stammen können.« Rigby zögerte und platzte dann heraus: »Sehen Sie, Sir, das versuche ich klarzumachen. Die Umstände dieses Falles verlangen einen bestimmten Typ von Untersuchungen: weitgespannte Suche, detaillierte Laboratoriumsarbeit, Massenbefragung. Das verlangt der Chef, und er hat recht. Wir haben keine Verdachtsmomente gegen den Gatten, und er ist, um es ehrlich zu sagen, uns wirklich wenig von Nutzen. Er scheint ein bißchen verloren zu sein, ein bißchen vage, widerspricht sich in kleinen, belanglosen Dingen, wie in seinem Heiratsdatum oder im Namen seines Arztes. Das ist natürlich der Schock, ich habe das schon früher erlebt. Ich bin im Bild über Ihren Brief, Sir, und es ist verdammt merkwürdig, aber wenn Sie mir sagen können, wie er Gummistiefel aus einem Hut produzieren und sie später wieder loswerden, wie er, ohne mehr als ein paar Blutschmierer auf sich zurückzulassen, seine Frau totschlagen und die Waffe sechs Kilometer vom Tatort entfernen konnte, und das alles innerhalb von zehn Minuten, nachdem er in Fieldings Haus gewesen war, wäre ich Ihnen dankbar. Wir suchen einen Unbekannten, 1 Meter 80 groß, der ziemlich neue Dunlop-Gummistiefel, Größe $10^1/_2$, Lederhandschuhe und einen alten blauen, blutbespritzten Mantel trägt. Einen Mann, der zu Fuß unterwegs war, der in der Mordnacht zwischen 11 Uhr 10 und 11 Uhr 45 in der Gegend von North Fields war, der sich in

Richtung nach Okeford aufmachte, mit fünfundvierzig Zentimeter Koaxialkabel, einer Kette grüner Perlen und einem Imitations-Diamantclip, geschätzter Wert dreiundzwanzig Shilling und sechs Pence. Wir suchen einen Irren, einen Mann, der aus Vergnügen mordet, oder für den Preis einer Mahlzeit.« Rigby hielt inne, lächelte gedankenvoll und fügte hinzu: »Wer kann fünfzehn Meter durch die Luft fliegen? Aber wie sollen wir mit solchen Informationen unsere Zeit anders vertun? Wonach sonst können wir suchen? Ich kann nicht Leute ansetzen, Schatten zu jagen, wenn derartige Arbeit zu tun ist.«

»Ich begreife das.«

»Aber ich bin ein alter Polizist, Mr. Smiley, und ich weiß gern, woran ich bin. Ich mag nicht nach Leuten fahnden, an deren Existenz ich nicht glauben kann, und ich mag nicht von Zeugen abgeschnitten sein. Ich treffe gern Leute und spreche mit ihnen, schnüffle hier und da herum und mache mich mit der Umwelt vertraut. Aber ich kann das nicht, nicht in der Schule. Können Sie mir folgen? So müssen wir uns auf Laboratorien, Spürhunde und landweite Suchaktionen verlassen. Aber irgendwie habe ich ein Gefühl in den Knochen, daß dies nicht einer dieser Fälle ist.«

»Ich las in der Zeitung von einer Frau, einer ›Verrückten Janie‹ ...«

»Darauf komme ich noch. Mrs. Rode war eine gütige Frau, umgänglich. Ich habe das jedenfalls immer wieder festgestellt. Einige der Frauen in der Chapel waren gegen sie eingenommen, aber Sie wissen ja, wie Frauen sind. Es scheint, sie freundete sich mit dieser armen Janie an. Janie kam betteln, verkaufte Kräuter und Wundermittel an der Hintertür; Sie kennen das. Sie ist sonderbar, spricht mit Vögeln und so. Sie lebt in einer verfallenen romanischen Kapelle auf dem Weg nach Pylle. Stella Rode pflegte ihr Essen und Kleidung zu geben – die arme Seele war mehr als einmal halb verhungert. Nun ist Janie verschwunden. Sie wurde Mittwoch am frühen Abend auf dem Feld nach North Fields gesehen, und seitdem nicht mehr. Das bedeutet gar nichts. Diese Leute kommen und gehen auf ihre Art. Jahrelang sind sie überall in der Nachbarschaft anzutreffen, und eines Tages verschwinden sie wie Schnee im Feuer. Sie sind vielleicht in einem Graben gestorben, oder sie sind krank geworden und haben sich wie eine Katze verkrochen; Janie ist nicht die einzige Wunderliche hier herum. Es gibt 'ne Menge Aufregung, weil wir noch eine weitere Serie von Fußabdrücken gefunden haben, die am Rand der Bäume am hinteren Ende des Gartens entlanglaufen. Nach ihrem Aussehen waren es die Abdrücke einer Frau, und sie kommen an einer Stelle ganz nahe an den Wintergarten heran. Könnten von einer Zigeunerin oder einem Bettelweib sein. Könnten alles sein, aber ich nehme an, es war wohl wirklich Janie. Ich hoffe es inständig, Sir; wir könnten einen Augenzeugen brauchen, selbst einen, der verrückt ist.«

Smiley stand auf. Als sie sich die Hände schüttelten, sagte Rigby: »Auf Wiedersehen, Sir. Rufen Sie mich an, wann immer Sie wollen.« Er kritzelte eine Telefonnummer auf einen Block, riß den Zettel ab und gab ihn Smiley. »Das ist meine Nummer zu Hause.« Er brachte Smiley zur Tür, schien zu zögern und sagte dann: »Sie sind nicht etwa zufällig selbst ein ehemaliger Carne-Schüler, Sir?«

»Um Himmels willen, nein.«

Wieder zögerte Rigby. »Unser Chef ist ein alter Carnianer. Früher indische Armee. Brigadegeneral Havelock. Dies ist sein letztes Jahr. Er ist an diesem Fall sehr interessiert. Schätzt es nicht, daß ich in der Schule herumschnüffle. Will's nicht haben.«

»Ich verstehe.«

»Er will eine schnelle Verhaftung.«

»Und außerhalb von Carne, darf ich wohl annehmen?«

»Auf Wiedersehen, Mr. Smiley. Vergessen Sie nicht, mich anzurufen. Oh, ich hätte noch etwas erwähnen sollen. Das Kabelstück ...«

»Ja?«

»Mr. Rode benutzte ein Stück derselben Machart als Demonstrationsobjekt in einer Unterrichtsstunde über elementare Elektronik. Verlor es vor etwa drei Wochen.«

Smiley ging langsam in sein Hotel zurück.

Liebe Brim,
sogleich nach meiner Ankunft habe ich Deinen Brief dem Mann von der Kriminalpolizei übergeben, der den Fall bearbeitet – es war Rigby, wie Ben angenommen hatte: Er sieht aus wie eine Mischung von Humpty-Dumpty und kornischem Kobold – sehr gedrungen und plump –, und ich glaube nicht, daß er sich von irgend jemandem hereinlegen läßt.
Um in der Mitte zu beginnen – unser Brief hatte nicht ganz die von uns erwartete Wirkung; offenbar hat Stella Rode dem hiesigen Baptistenprediger, Cardew, schon vor zwei Wochen erzählt, daß ihr Mann versuche, sie in den langen Nächten, was immer sie sein mögen, zu töten. Was die

Umstände des Mordes betrifft – der Bericht im *Guardian* ist im wesentlichen richtig.
Tatsächlich wurde es, je mehr Rigby mir erzählte, desto unwahrscheinlicher, daß sie von ihrem Mann ermordet worden ist. Fast alles wies auf einen anderen Täter. Ganz abgesehen vom Motiv, gibt es den Fundort der Waffe, die Fußspuren im Schnee (die auf einen großen Mann in Gummistiefeln hinweisen), das Vorhandensein von unidentifizierten Handschuhabdrücken im Wintergarten. Dazu kommt als stärkstes Argument überhaupt: wer sie auch ermordete, muß von Blut bedeckt gewesen sein – der Wintergarten sah schrecklich aus, sagte mir Rigby. Natürlich waren an Rode Blutspuren, als er auf der Straße von seinem Kollegen aufgelesen wurde, aber nur Wischer, die vom Stolpern über die Leiche im Dunkeln herrühren könnten. Außerdem führen die Fußspuren nur in den Garten hinein, nicht aus ihm heraus.
Wie die Dinge im Augenblick stehen, gibt es, laut Rigby, nur eine Erklärung: der Mörder war ein Fremder, ein Landstreicher, vielleicht ein Irrer, der sie zu seinem Vergnügen ermordete, oder wegen ihres Schmucks (der wertlos war), sich auf der Okeford-Straße davonmachte und die Waffe in einen Graben warf. (Aber warum sie sechs Kilometer tragen, und warum sie nicht in den Kanal auf der anderen Seite des Grabens werfen? Die Okeford-Straße quert das Oke-Moor, das kreuz und quer abgedeicht ist, um Überflutungen zu verhindern.) Wenn diese Erklärung richtig ist, dann schreiben wir Stellas Brief und ihre Unter-

haltung mit Cardew wohl einem Verfolgungswahn zu, oder der Vorahnung des Todes, je nachdem, ob wir abergläubisch sind oder nicht. Wenn das so ist, so ist es der tollste Zufall, von dem ich je gehört habe. Das bringt mich zum letzten Punkt. Ich habe aus dem, was Rigby *nicht* gesagt hat, entnommen, daß sein Vorgesetzter ihn in den Hintern getreten hat und ihn antreibt, das Land nach Stromern in blutverschmierten blauen Mänteln abzusuchen. (Du erinnerst dich an den Gürtel.) Rigby hat natürlich keine andere Wahl, als den Hinweisen zu folgen und das zu tun, was sein Chef erwartet – aber er ist offensichtlich besorgt über etwas – entweder etwas, das er mir nicht gesagt hat, oder das er nur instinktiv spürt. Ich glaube, er meinte es ernst, als er mir sagte, ich solle ihm alles erzählen, was ich über die *Schul*-Seite herausfände – über die Rodes, die Art, wie sie sich einfügten, und so weiter. Carnes Klostermauern sind immer noch ziemlich hoch, findet er ...

Also werde ich ein bißchen herumschnüffeln, denke ich, und sehen, was vorgeht. Ich rief Fielding an, als ich von der Polizeistation zurückkam, und er hat mich für heute abend zum Essen eingeladen. Ich werde wieder schreiben, wenn ich Dir etwas zu berichten habe.

George

Nachdem er den Umschlag sorgfältig zugeklebt hatte, indem er die Ecken mit den Daumen herunterpreßte, verschloß Smiley die Tür und ging die breite Marmorfreitreppe nach unten, vorsichtig auf die dünne Kokosmatte tretend, die in der Mitte hinunterlief. In der Halle war ein roter Holzbriefkasten zur Benutzung für Hotelgäste, aber Smiley, ein vorsichtiger Mann, mied ihn. Er ging zum Briefkasten an der Straßenecke, warf seinen Brief ein und überlegte, was er wegen eines Mittagessens unternehmen solle. Es gab natürlich die von Miss Brimley vorbereiteten Brote und den Kaffee. Widerwillig kehrte er zum Hotel zurück. Es war voll von Journalisten, und Smiley haßte Journalisten. Außerdem war es kalt, und er haßte Kälte. Und belegte Brote in einem Hotelzimmer waren etwas sehr Vertrautes.

5

Katze und Hund

Als George Smiley die Stufen hinaufstieg, die zur Vordertür von Terence Fieldings Haus führten, war es kurz nach sieben am selben Abend. Er klingelte und wurde von einer kleinen, plumpen Frau Mitte Fünfzig in die Halle eingelassen. Zu seiner Rechten brannte ein freundliches Feuer aus Scheiten auf einem Haufen Holzasche, und über sich gewahrte er undeutlich eine Galerie und eine Mahagonitreppe, die sich in einer Spirale zum Obergeschoß wand. Das meiste Licht schien vom Feuer herzurühren, und Smiley konnte sehen, daß an den Wänden ringsum eine große Zahl von Gemälden verschiedener Perioden und Stile hing, und daß das Kaminsims mit allen möglichen Kunstgegenständen beladen war. Mit einem unfreiwilligen Schauder bemerkte er, daß weder das Feuer noch die Bilder es ganz fertigbrachten, den schwachen Geruch der Schule zu bannen – von en gros gekaufter Politur, Kakao und Gemeinschaftsküche. Korridore führten aus der Halle, und Smiley stellte fest, daß der untere Teil einer jeden Wand nach der unbeugsamen Schulregel dunkelbraun oder grün gestrichen war. Aus einem dieser Korridore tauchte die enorme Gestalt von Mr. Terence Fielding auf.

Er näherte sich Smiley, massig und jovial; eine schöne

Mähne grauen Haars fiel unordentlich über seine Stirn, und sein Talar blähte sich hinter ihm.

»Smiley? Ah! Sie haben True kennengelernt, nicht wahr? Miss Truebody, meine Haushälterin? Wunderbar, dieser Schnee, nicht? Purer Breughel! Haben Sie die Jungen am Eyot Schlittschuh laufen sehen? Wunderbares Bild! Schwarze Anzüge, bunte Halstücher, bleiche Sonne; alles da, alles da! Breughel, wie er leibt und lebt. Wunderbar!« Er nahm Smileys Mantel und warf ihn auf einen wackligen Kiefernholzstuhl mit Binsensitz, der in der Ecke der Halle stand.

»Dieser Stuhl gefällt Ihnen – Sie erkennen ihn wieder?«

»Ich glaube nicht«, erwiderte Smiley in einiger Verwirrung.

»Ah, das sollten Sie aber, wissen Sie, das sollten Sie! Habe ihn in der Provence anfertigen lassen, vor dem Krieg. Kleiner Schreiner, den ich kannte. Können Sie ihn nun identifizieren? Faksimile des gelben Stuhls von van Gogh; manche erkennen ihn.« Er ging voran durch einen Korridor und in ein großes, behagliches Arbeitszimmer, das mit holländischen Fliesen, kleinen Renaissanceskulpturen, mysteriösen Bronzen, Porzellanhunden und unglasierten Vasen ausgestattet war, und Fielding selbst machte sich großartig unter ihnen.

Als rangältester Internatsleiter von Carne trug Fielding anstelle der üblichen akademischen Kleidung eine wunderbare Mischung von schweren schwarzen Röcken und einer Richterhalskrause; er sah aus wie ein Mönch im Abendanzug. All dies vermittelte eine Andeutung von klerikaler Kargheit in betontem Gegensatz zu dem ausgeklügelten Prunk seiner Persönlichkeit. Sich dessen offensichtlich bewußt, suchte er die Feierlichkeit seiner

Uniform zu betonen und ihr ein wenig von seinem eigenen Temperament hinzuzufügen, indem er sie mit sorgfältig ausgewählten Blumen aus seinem Garten schmückte. Er hatte die Schneider von Carne, deren Milchglasfenster die Insignien königlicher Hofhaltung trugen, dadurch schockiert, daß er sich in seine Talare Knopflöcher machen ließ. Diese füllte er je nach Laune mit allem, von Erika bis zur Glockenblume. An diesem Abend trug er eine Rose, und aus ihrer Frische schloß Smiley, daß er sie erst in dieser Minute angesteckt hatte; er hatte sie extra bestellt.

»Sherry oder Madeira?«

»Danke; ein Glas Sherry.«

»Hurengetränk, Madeira!« rief Fielding, indem er aus einer Kristallflasche einschenkte. »Aber Jungen mögen ihn. Vielleicht deswegen. Sie sind schreckliche Schäker.« Er reichte Smiley ein Glas und fügte hinzu, indem er seiner Stimme einen dramatischen Klang gab: »Wir sind im Augenblick alle durch diese schreckliche Geschichte etwas bedrückt. Wir haben nämlich nie etwas dergleichen erlebt. Haben Sie die Abendzeitungen gesehen?«

»Nein, leider nicht. Aber das ›Sawley-Arms‹-Hotel ist natürlich gepackt voll von Journalisten.«

»Sie haben sich wirklich ganz in die Sache hineingekniet. Sie haben die Armee in Hampshire aufgeboten, und sie spielt mit Minensuchgeräten herum. Weiß Gott, was sie zu finden erwarten.«

»Wie haben die Jungen es aufgenommen?«

»Begeistert! Mein eigenes Haus war natürlich besonders beglückt, weil diese Rodes an jenem Abend hier diniert haben. Irgendein Flegel von der Polizei wollte sogar einen von meinen Jungen ausfragen.«

»Tatsächlich!« Smiley lächelte unschuldig. »Worüber denn?«

»Oh, Gott weiß was«, antwortete Fielding kurz angebunden. Das Thema wechselnd, fragte er: »Sie kannten meinen Bruder gut, nicht? Er sprach von Ihnen.«

»Ja, ich habe Adrian sehr gut gekannt. Wir waren eng befreundet.«

»Auch im Krieg?«

»Ja.«

»Sie waren also in seinem Laden?«

»Welchem Laden?«

»Steed-Asprey, Jebedee. Alle diese Leute.«

»Ja.«

»Ich habe nie wirklich erfahren, wie er starb. Sie?«

»Nein.«

»Wir haben uns in späteren Jahren nicht mehr oft gesehen, Adrian und ich. Da ich eine Fälschung bin, kann ich's mir nicht leisten, neben dem echten Stück gesehen zu werden«, erklärte Fielding mit etwas von seiner früheren Prahlerei. Smiley wurde der Verlegenheit einer Antwort durch ein leises Klopfen an der Tür enthoben, und ein großer, rothaariger Junge kam schüchtern ins Zimmer.

»Ich habe das ›Adsum‹ angesagt, Sir, wenn Sie bereit sind, Sir.«

»Verdammt«, sagte Fielding und leerte sein Glas. »Andacht.« Er wandte sich an Smiley. »Perkins, mein Präfekt. Musikalisches Genie, aber schwierig im Klassenzimmer. Stimmt's, Tim? Bleiben Sie hier oder kommen Sie mit, wie Sie wollen. Es dauert nur zehn Minuten.«

»Heute abend sogar weniger, Sir«, sagte Perkins. »Es ist das ›Nunc Dimittis‹.«

»Gott sei für kleine Wohltaten gedankt«, erklärte

Fielding, zupfte kurz an seiner Halskrause und führte Smiley mit raschen Schritten in den Korridor hinaus und durch die Halle; Perkins stakte hinter ihnen her. Fielding sprach die ganze Zeit, ohne sich die Mühe zu machen, den Kopf zu wenden. »Ich bin froh, daß Sie diesen Abend für Ihren Besuch gewählt haben. In der Regel habe ich samstags nie Gäste, weil jeder welche hat, obwohl niemand von uns recht weiß, was er zur Zeit mit Einladungen anfangen soll. Felix D'Arcy wird heute abend kommen, aber das ist kaum unterhaltend. D'Arcy ist ein Fachmann. Übrigens, wir ziehen uns gewöhnlich für den Abend um, aber das ist nicht wichtig.«

Smileys Herz sank. Sie bogen um eine Ecke und betraten noch einen Korridor.

»Wir haben hier zu allen Stunden Andachten. Der Master hat die sieben Taghoren für die Offizien wieder aufleben lassen: Prim, Terz, Sext und so weiter. Überfütterung während des Semesters, Abstinenz während der Ferien – das ist das System, wie bei den Sportübungen. Nützlich im Haus auch für Appelle.« Er ging noch einen Korridor voran, riß an seinem Ende eine Doppeltür auf und marschierte geradewegs in den Speisesaal, sein Talar bauschte sich anmutig hinter ihm. Die Jungen erwarteten ihn.

»Noch etwas Sherry? Wie fanden Sie die Andacht? Sie singen ganz hübsch, nicht? Ein oder zwei gute Tenöre. Im letzten Semester haben wir etwas gregorianischen Choralgesang versucht; ganz gut, wirklich ganz gut. D'Arcy wird gleich hier sein. Er ist ein fürchterliches Ekel. Sieht aus wie ein Sickert-Modell fünfzig Jahre danach – nichts wie Hose und Kragen. Sie können jedoch von Glück sagen, daß seine Schwester ihn nicht begleitet. Sie ist noch schlimmer!«

»Was für ein Fach unterrichtet er?« Sie waren wieder in Fieldings Arbeitszimmer.

»Fach! Wir haben hier keine festen Unterrichtsfächer. Keiner von uns hat ein Wort über irgendein Fach gelesen, seit wir die Universität verließen.« Er senkte die Stimme und fügte geheimnisvoll hinzu: »Das heißt, *wenn* wir die Universität besucht haben. D'Arcy lehrt Französisch. D'Arcy ist Senior des Lehrkörpers durch Wahl, Junggeselle von Profession, vergeistigter Homosexueller aus Neigung ...«, er stand jetzt ganz still, den Kopf zurückgelegt und die rechte Hand auf Smiley gerichtet, »... und sein Fach sind die Fehler anderer Leute. Zuvörderst aber ist er der selbsternannte Haushofmeister des Protokolls von Carne. Wenn man auf dem Fahrrad einen Talar trägt, eine Einladung inkorrekt beantwortet, einen Fehler bei der Plazierung seiner Dinnergäste begeht, oder von einem Kollegen als ›Mister‹ spricht, D'Arcy wird einen ertappen und ermahnen.«

»Worin bestehen denn die Pflichten eines Seniors des Lehrkörpers?« fragte Smiley, nur um etwas zu sagen.

»Er ist der Schiedsrichter zwischen den klassischen Philologen und den Naturwissenschaftlern; er arrangiert den Stundenplan und untersucht die Prüfungsergebnisse eingehend. Aber hauptsächlich muß der arme Mann die Geistes- mit den Naturwissenschaften in Einklang bringen.« Er schüttelte weise den Kopf. »Um das fertigzubringen, braucht man einen besseren Mann als D'Arcy. Nicht«, fügte er müde hinzu, »daß es den geringsten Unterschied macht, wer die Extrastunde an den Freitagabenden bekommt. Wer fragt schon danach? Nicht die Jungen, die armen Kerle, das steht fest.«

Fielding sprach weiter, wahllos und immer in Superlativen; manchmal griff er dabei mit der Hand in die Luft, als wolle er die flüchtigen Metaphern einfangen; jetzt von seinen Kollegen mit ätzendem Spott, jetzt von den Jungen mit Mitleid, wenn nicht Verständnis; jetzt von den Geisteswissenschaften mit Leidenschaft – und mit der ausgeklügelten Verwirrung eines einsamen Schülers.

»Carne ist keine Schule. Es ist ein Sanatorium für intellektuelle Aussätzige. Die Symptome begannen, als wir von den Universitäten kamen; ein allmähliches Fauligwerden unserer geistigen Extremitäten. Von Tag zu Tag stirbt unser Geist mehr und mehr ab, verkümmern unsere Seelen und verrotten. Wir beobachten den Vorgang bei uns gegenseitig, in der Hoffnung, ihn in uns selbst zu vergessen.« Er hielt inne und betrachtete nachdenklich seine Hände.

»In mir ist der Prozeß beendet. Sie sehen vor sich eine tote Seele, und Carne ist der Körper, in dem ich lebe.« Sehr entzückt von seinem Bekenntnis breitete Fielding die langen Arme aus, so daß die Ärmel seines Talars den Flügeln einer riesigen Fledermaus glichen. »Der Vampir von Carne«, erklärte er mit einer tiefen Verbeugung. *»Alcoholique et poète.«* Ein bellendes Gelächter folgte dieser Darbietung.

Smiley war von Fielding fasziniert, von seiner Größe, seiner Stimme, der zügellosen Unbeständigkeit seines Temperaments, von seinem ganzen Breitwandstil; er fand sich angezogen und abgestoßen von dieser Folge einander widersprechender Posen; er überlegte, ob von ihm eine Teilnahme an der Vorstellung erwartet wurde, aber Fielding schien so vom Rampenlicht geblendet, daß ihn das Publikum davor nicht interessierte. Je mehr

Smiley beobachtete, desto undefinierbarer erschien der Charakter, den er zu verstehen versuchte: veränderlich, aber unfruchtbar; mutig, aber unbeständig; farbig, maßlos, schlicht, aber doch wieder tückisch und widerspenstig. Smiley begann zu wünschen, daß er die wesentlichen Fakten über Fielding erlangen könne – seine Einkommensverhältnisse, seinen Ehrgeiz, seine Enttäuschungen.

In diesen Überlegungen wurde er von Miss Truebody gestört. Felix D'Arcy war eingetroffen.

Keine Kerzen und ein kaltes Abendessen, vortrefflich zubereitet von Miss Truebody. Kein Rotwein, sondern Weißwein, der wie Portwein herumgereicht wurde. Und endlich, endlich erwähnte Fielding Stella Rode.

Sie hatten eher pflichtgemäß von den Geistes- und Naturwissenschaften gesprochen. Die Unterhaltung wäre langweilig gewesen (denn sie war oberflächlich), wäre nicht D'Arcy ständig von Fielding angestachelt worden, der darauf erpicht schien, D'Arcy in seinem schlechtesten Licht zu zeigen. D'Arcys Urteile über Menschen und Probleme waren hauptsächlich davon gefärbt, was er als »angemessen« (ein Lieblingswort) betrachtete, und von einer weibischen Bosheit gegen seine Kollegen. Nach einer Weile fragte Fielding, wer Rode während seiner Abwesenheit vertrete, worauf D'Arcy erwiderte: »Niemand«, und salbungsvoll hinzusetzte: »Sie war ein schrecklicher Schock für die Gemeinschaft, diese Affäre.«

»Unsinn«, gab Fielding zurück. »Jungen lieben Katastrophen. Je weiter entfernt wir vom Tode sind, desto anziehender erscheint er uns. Sie finden die ganze Angelegenheit sehr anregend.«

»Die Publizität war höchst unangemessen«, sagte D'Arcy, »wirklich. Ich glaube, das ist bei vielen von uns im Konferenzzimmer die vorherrschende Meinung gewesen.« Er wandte sich an Smiley: »Die Presse, wissen Sie, ist hier eine ständige Ursache von Ärger. Früher hätte das nie passieren können. In der Vergangenheit waren unsere großen Familien und Institutionen nicht solchen Zudringlichkeiten unterworfen. Nein, wirklich nicht. Aber heute ist das alles anders. Viele von uns sind genötigt, die billigeren Zeitungen zu halten, aus genau diesem Grund. Eine Sonntagszeitung erwähnte nicht weniger als vier von Hechts ehemaligen Schülern in einer Ausgabe. Alle in einem unziemlichen Zusammenhang, darf ich sagen. Und natürlich verabsäumt eine solche Zeitung es nie, darauf hinzuweisen, daß der betreffende Junge ein Carnianer ist. Sie wissen, nehme ich an, daß wir den jungen Prinzen hier haben. Ich selbst habe die Ehre, seine französischen Studien zu beaufsichtigen. Der junge Sawley ist ebenfalls in Carne. Die Betriebsamkeit der Presse während des Scheidungsprozesses seiner Eltern war beklagenswert. Wirklich beklagenswert. Der Direktor schrieb an den Presserat, wissen Sie. Ich habe den Brief selbst aufgesetzt. Aber bei diesem tragischen Ereignis haben sie sich selbst überboten. Wir hatten die Presseleute gestern abend sogar beim letzten Gottesdienst, sie warteten auf das besondere Gebet. Sie nahmen die ganzen zwei hinteren Stuhlreihen an der Westseite ein. Hecht hatte Kirchendienst und versuchte, sie hinauszubekommen.« Er machte eine Pause, hob die Brauen in sanfter Abwehr und lächelte. »Natürlich war er dazu nicht befugt, aber das hielt den guten Hecht nicht ab.« Er wandte sich wieder an Smiley. »Einer unserer *athletischen* Glaubensgenossen«, erklärte er.

»Stella war dir zu gewöhnlich, Felix, wie?«

»Durchaus nicht«, sagte D'Arcy rasch. »Ich möchte nicht, daß du das von mir sagst, Terence. Ich bin gar nicht wählerisch in bezug auf die Klasse, sondern nur in bezug auf die Manieren. Ich gestehe dir zu, auf diesem besonderen Gebiet war sie nicht ganz vollwertig.«

»In mancher Beziehung war sie genau das, was wir brauchten«, fuhr Fielding fort. Er wandte sich an Smiley und übersah D'Arcy. »Sie war alles das, was wir zu übersehen gezwungen sind – sie war moderne Universität, sozialer Wohnbau, Stadtrandsiedlung; genau die Antithese von Carne.« Er wandte sich plötzlich an D'Arcy und sagte: »Aber für dich, Felix, war sie nur unerzogen.«

»Durchaus nicht; bloß unpassend.«

Fielding wandte sich verzweifelt an Smiley.

»Sehen Sie«, sagte er. »Wir reden hier akademisch, tragen akademische Kleidung und geben Festdiners im Gesellschaftsraum; wir halten lange Gebete auf lateinisch, die niemand von uns übersetzen kann. Wir gehen in die Abtei, und die Ehefrauen sitzen mit ihren entsetzlichen Hüten im Weiberverschlag. Aber es ist eine Scharade. Es bedeutet gar nichts.«

D'Arcy lächelte schwach.

»Ich kann nicht glauben, mein lieber Terence, daß jemand, der eine so exzellente Tafel hält wie du, eine so niedrige Meinung von den Verfeinerungen gesellschaftlichen Verhaltens haben kann.« Er blickte hilfeheischend zu Smiley hinüber, und dieser echote pflichtgemäß das Kompliment. »Außerdem kennen wir in Carne Terence von jeher. Leider sind wir an sein Gebrüll gewöhnt.«

»Ich weiß, warum du diese Frau nicht leiden konntest,

Felix. Sie war ehrlich, und Carne hat keine Abwehr gegen diese Art von Ehrlichkeit.«

D'Arcy wurde plötzlich sehr zornig: »Terence, ich will nicht, daß du das sagst. Ich will's einfach nicht haben. Ich empfinde eine gewisse Pflicht gegenüber Carne, wie wir ja alle, jene Normen des Benehmens wiederherzustellen und aufrechtzuerhalten, die im Krieg so traurig gelitten haben. Ich bin mir bewußt, daß mich diese Entschlossenheit bei mehr als einer Gelegenheit unbeliebt gemacht hat. Aber die Stellungnahme oder der Rat, den ich anbiete, ist *nie* – ich bitte, das zu bemerken – gegen irgendeine Person gerichtet, nur gegen Benehmen, gegen unziemliche Entgleisungen im Verhalten. Ich will zugeben, daß ich mehr als einmal genötigt war, mit Rode über das Thema des Verhaltens seiner Frau zu sprechen. Das ist eine vom Persönlichen ganz getrennte Sache, Terence. Ich will nicht, daß gesagt wird, ich hätte Mrs. Rode nicht gemocht. Eine solche Unterstellung wäre zu jeder Zeit unangenehm, aber unter den augenblicklichen Umständen ist sie beklagenswert. Mrs. Rodes eigenes ... Milieu und ihre Erziehung bereiteten sie natürlich nicht auf unsere Lebensart vor; das ist eine ganz andere Sache. Es unterstreicht jedoch, was ich hervorheben möchte, Terence: es war eine Frage der Aufklärung, nicht der Kritik. Drücke ich mich klar aus?«

»Außerordentlich«, erwiderte Fielding trocken.

»Mochten die anderen Frauen sie denn?« versuchte es Smiley.

»Nicht unbedingt«, antwortete D'Arcy kurz.

»Die Frauen! Mein Gott!« stöhnte Fielding und legte die Hand an die Stirn. Eine Pause trat ein.

»Ihre Kleider waren, glaube ich, für einige eine Quelle der Pein. Außerdem frequentierte sie die öffentliche

Wäscherei. Auch das machte keinen günstigen Eindruck. Ich sollte hinzufügen, daß sie unsere Kirche nicht besuchte ...«

»Hatte sie unter den Frauen irgendwelche nahe Freundinnen?« fuhr Smiley hartnäckig fort.

»Ich glaube, die junge Mrs. Snow schloß sich ihr an.«

»Und Sie sagen, sie war zum Essen hier an dem Abend, als sie ermordet wurde?«

»Ja«, erwiderte Fielding ruhig, »Mittwoch. Und Felix und seine Schwester nahmen den armen Rode hinterher bei sich auf ...« Er warf einen raschen Blick auf D'Arcy.

»Ja, natürlich«, sagte D'Arcy kurz. Sein Blick ruhte auf Fielding, und Smiley schien es, daß sie einander etwas mitgeteilt hatten. »Wir werden es nie vergessen, nie ... Terence, wenn ich einen Augenblick fachsimpeln darf; Perkins' Satzkonstruktionen sind bodenlos schlecht; ich erkläre, daß ich nie ähnliche Arbeiten gesehen habe. Ist er krank? Seine Mutter ist eine sehr kultivierte Frau, eine Kusine der Samfords, hat man mir gesagt.«

Smiley sah ihn an und überlegte. Seine Smokingjacke war verschossen, grün vor Alter. Smiley konnte ihn fast sagen hören, sie habe seinem Großvater gehört. Seine Gesichtshaut war so faltenlos, daß er irgendwie fettleibig wirkte, ohne dick zu sein. Seine Stimme war auf einen einschmeichelnden Ton festgesetzt, und er lächelte immerzu, ob er sprach oder nicht. Das Lächeln schwand nie aus seinem glatten Gesicht, es war in die knetbare Masse seines Fleisches eingearbeitet, streckte die Lippen über seine makellosen Zähne und öffnete die Winkel seines roten Mundes, so daß es schien, als werde es von den unsichtbaren Fingern seines Zahnarztes festgehalten. Dennoch war D'Arcys Gesicht alles andere als ausdruckslos; jedes Merkmal zeigte sich. Die kleinste Regung seines Mundes oder seiner Nase, der flüchtigste Blick, das geringste Stirnrunzeln waren da, um gelesen und gedeutet zu werden. Und er wollte vom Thema ablenken. Nicht von Stella Rode (denn einen Augenblick später diskutierte er selbst sie wieder), aber von dem bestimmten Abend, an dem sie starb, von der genauen Schilderung der Ereignisse. Mehr noch: Smiley zweifelte nicht daran, daß Fielding es ebenfalls bemerkt hatte, daß in dem Blick, den sie gewechselt hatten, ein Pakt der Furcht enthalten war, vielleicht eine Warnung, so daß von diesem Augenblick an Fieldings Verhalten sich änderte; er wurde mürrisch und voreingenommen auf eine Art, die Smiley noch lange nachher zu denken gab.

D'Arcy wandte sich an Smiley und sprach ihn mit übertriebener Vertraulichkeit an: »*Bitte,* verzeihen Sie mir meinen beklagenswerten Abstieg in den Klatsch von Carne. Sie finden uns hier ein wenig abgeschnitten, nicht wahr? Man hält uns oft für isoliert, ich weiß. Carne ist eine ›Snob-Schule‹, das ist der Slogan. Man kann es täglich in der Asphaltpresse lesen. Und doch darf ich, trotz der Behauptungen der Avantgarde«, fügte er hinzu, verstohlen zu Fielding hinüberblickend, »sagen, daß *niemand* weniger ein Snob sein könnte als Felix D'Arcy.«

Smiley nahm Notiz von seinem Haar. Es war dünn und gelblich, fiel vom Scheitel und ließ seinen roten Nacken bloß.

»Nehmen Sie zum Beispiel den armen Rode. Ich halte dem armen Kerl gewiß in keiner Weise seine Herkunft vor. Die öffentlichen Schulen leisten Großartiges, da bin ich sicher. Außerdem hat er sich hier schon sehr gut eingewöhnt. Ich habe das auch dem Direktor gesagt. Ich sagte ihm, daß Rode sich sehr gut eingewöhnt habe; er versieht den Kirchendienst ganz bewundernswert – gerade darauf habe ich hingewiesen. Ich hoffe, ich habe das Meine getan, mehr noch, ihm geholfen, sich anzupassen. Mit sorgfältiger Unterweisung können solche Leute, wie ich dem Direktor sagte, unsere Gebräuche lernen, sogar unsere Manieren, und der Direktor stimmte zu.«

Smileys Glas war leer, und D'Arcy füllte es, ohne Fielding zu fragen, für ihn aus der Kristallflasche. Seine Hände waren glatt und haarlos, wie die eines Mädchens.

»Aber«, fuhr er fort, »ich muß ehrlich sein. Mrs. Rode glich sich nicht so willig unserer Lebensart an.« Immer noch lächelnd, trank er zierlich aus dem Glas. Er will seine Darstellung berichtigen, dachte Smiley.

»Sie würde sich nie wirklich ganz an Carne angepaßt haben; das ist meine Meinung – ich habe sie aber zu ihren Lebzeiten bestimmt nie ausgesprochen. Ihr Milieu schadete ihr. Es war nicht ihre Schuld – es war ihr Milieu, das, wie gesagt, ungünstig war. Tatsächlich habe ich, wenn wir offen und vertraulich sprechen dürfen, Grund zu der Annahme, daß ihr Vorleben ihren Tod verursacht hat.«

»Warum sagen Sie das?« fragte Smiley rasch, und D'Arcy antwortete, mit einem kurzen Blick auf Fielding: »Es sieht so aus, als habe sie erwartet, überfallen zu werden.«

»Meine Schwester ist in Hunde vernarrt«, sprach D'Arcy weiter. »Vielleicht wissen Sie das bereits. King-Charles-Spaniels sind ihre Stärke. Sie gewann letztes Jahr auf der North-Dorset-Hundeschau einen Preis und erhielt kurz danach bei Crufts für ihre ›Königin von Carne‹ eine lobende Anerkennung. Sie verkauft nach Amerika, wissen Sie. Ich darf sagen, es gibt in England wenig Leute mit Dorothys Erfahrung in dieser Zucht. Die Frau des Direktors sah sich veranlaßt, vorige Woche genau dasselbe zu sagen. Nun, die Rodes waren unsere Nachbarn, wie Sie wissen, und Dorothy ist nicht die Person, ihre nachbarlichen Pflichten zu vernachlässigen. Wo es sich um Pflichten handelt, wird man sie nicht wählerisch finden, versichere ich Ihnen. Die Rodes hatten auch einen Hund, einen ziemlich großen Bastard, ein ganz intelligentes Tier, das sie mitgebracht hatten. – Ich habe kaum eine Ahnung, woher sie gekommen sind, aber das ist etwas anderes. – Sie schienen ziemlich an dem Hund zu hängen, und ich bezweifle es nicht. Rode nahm ihn mit zum Fußballspiel, bis ich Gelegenheit fand, ihm davon abzuraten. Diese Gepflogenheit gab nämlich Veranlassung zu unangemessener Belustigung bei den Jungen. Ich selbst fand das auch heraus, als ich Dorothys Spaniels spazierenführte. Ich werde sofort zur Sache kommen. Dorothy konsultierte einen Tierarzt namens Harriman, einen überragenden Könner, der drüben nach Sturminster zu wohnt. Vor zwei Wochen ließ sie ihn kommen. ›Königin von Carne‹ hustete schlimm, und Dorothy bat Harriman, herüberzukommen. Eine Hündin von dieser Qualität darf man nicht vernachlässigen, versichere ich Ihnen.«

Fielding stöhnte, und D'Arcy fuhr fort, ohne ihn zu beachten.

»Ich war zufällig zu Hause, und Harriman blieb zu einer Tasse Kaffee. Er ist, wie gesagt, ein überragender Könner. Harriman erwähnte irgendwie den Hund der Rodes, und dann kam die Wahrheit heraus; Mrs. Rode hatte den Hund am Vortag töten lassen. Sie sagte, er habe den Postboten gebissen. Eine lange und konfuse Geschichte; die Postverwaltung würde sie gerichtlich belangen, die Polizei sei dagewesen, und ich weiß nicht, was sonst noch. Jedenfalls sagte sie, der Hund könne sie doch nicht wirklich schützen, nur warnen. Sie hatte zu Harriman gesagt: ›Er wäre zu nichts nütze.‹«

»War sie über den Verlust des Hundes nicht unglücklich?« fragte Smiley.

»Oh, doch, ja. Harriman sagte, sie sei bei ihrer Ankunft in Tränen gewesen. Mrs. Harriman mußte ihr eine Tasse Tee machen. Sie schlugen vor, sie solle dem Hund doch noch eine Chance geben, ihn für einige Zeit in einen Zwinger tun, aber sie blieb unnachgiebig, ganz unnachgiebig. Harriman war sehr verblüfft. Auch seine Frau. Als sie es hinterher besprachen, stimmten sie darin überein, daß Mrs. Rodes Verhalten nicht ganz normal gewesen war. Wirklich gar nicht normal. Eine weitere merkwürdige Tatsache war der Zustand des Hundes: er war mißhandelt worden, sehr ernstlich. Sein Rücken war wie von Schlägen gezeichnet.«

»Ging Harriman auf ihre Bemerkung ein? Daß der Hund zu nichts nütze sei? Was hielt er davon?« Smiley beobachtet D'Arcy gespannt.

»Sie wiederholte sie gegenüber Mrs. Harriman, aber sie wollte sie nicht näher erklären. Ich glaube jedoch, die Erklärung liegt auf der Hand.«

»Oh?« sagte Fielding.

D'Arcy legte den Kopf zur Seite und zupfte sich geziert am Ohrläppchen. »Wir alle haben ein wenig von einem Detektiv in uns«, sagte er. »Dorothy und ich besprachen es nach dem – Tod. Wir kamen zu dem Schluß, daß Stella Rode, ehe sie nach Carne kam, irgendwo eine anstößige Verbindung eingegangen war, die sie neuerdings wieder aufgenommen hat ... möglicherweise gegen ihren Willen. Irgendein gewalttätiger Wüstling – ein alter Bewunderer –, dem die Verbesserung ihrer Stellung zuwider war.«

»Wie arg wurde denn der Briefträger von dem Hund gebissen?«

D'Arcy wandte sich wieder zu ihm.

»Das ist ja das Erstaunliche, der springende Punkt der Geschichte, verehrter Herr: der Briefträger war gar nicht gebissen worden. Dorothy hat sich erkundigt. Ihre ganze Erzählung war vom Anfang bis zum Ende eine einzige Lügenkette.«

Sie standen vom Tisch auf und gingen in Fieldings Studierzimmer, wo Miss Truebody den Kaffee serviert hatte. Die Unterhaltung bewegte sich weiterhin um die Tragödie des Mittwoch. D'Arcy war besessen von der Gewöhnlichkeit der Begleitumstände – der Hartnäckigkeit der Journalisten, der Gefühllosigkeit der Polizei, der Ungewißheit von Mrs. Rodes Herkunft, dem Mißgeschick ihres Mannes. Fielding war immer noch merkwürdig schweigsam, in seine eigenen Gedanken versunken, aus denen er gelegentlich auftauchte, um D'Arcy mit einem feindseligen Blick zu mustern. Um genau Viertel vor elf erklärte D'Arcy, er sei müde, und alle drei gingen in die große Halle, wo Miss Truebody einen Mantel für Smiley, und Mantel, Schal und Kappe für D'Arcy bereithielt. Fielding nahm D'Arcys Dank mit einem mürrischen Nicken entgegen. Er wandte sich an Smiley: »Die Sache, wegen der Sie mich anriefen. Worum handelt es sich genau?«

»Oh – ein Brief von Mrs. Rode, unmittelbar bevor sie

ermordet wurde«, sagte Smiley vage, »die Polizei bearbeitet ihn jetzt, aber sie betrachtet ihn nicht als … bedeutsam. Keineswegs als bedeutsam. Sie scheint an einer Art von« – er lächelte verwirrt – »Verfolgungswahn gelitten zu haben. Nennt man es so? Jedenfalls, wir müssen uns einmal darüber unterhalten. Sie müssen mit mir im ›Sawley Arms‹ essen, bevor ich zurückfahre. Kommen Sie eigentlich nie nach London? Wir könnten uns vielleicht in London treffen, am Semesterende.«

D'Arcy stand im Türeingang und betrachtete den Neuschnee, der weiß und makellos auf dem Pflaster vor ihm lag.

»Ah«, sagte er mit einem kleinen wissenden Lachen, »die langen Nächte, Terence, die langen Nächte.«

6

Stechpalmen für den Teufel

»Was sind denn die langen Nächte?« fragte Smiley, als er und D'Arcy rasch von Fieldings Haus durch den Neuschnee zum Abteihof gingen.

»Wir haben ein Sprichwort, daß es in Carne immer in den langen Nächten schneit. Das ist hier die traditionelle Bezeichnung für die Fastennächte«, antwortete D'Arcy. »Vor der Reformation hielten die Mönche der Abtei eine Vigil während der Fastenzeit zwischen den Offizien des Abends und Morgens. Sie wissen das vielleicht schon. Da kein religiöser Orden mehr mit der Abtei verbunden ist, ist man von der Übung abgekommen. Wir fahren aber fort, sie zu beachten, indem wir die Komplet während der Fastenzeit halten. Die Komplet war der letzte der kanonischen Tagesgottesdienste und wurde vor dem Zubettgehen gehalten. Der Direktor, der vor dieser Art von Traditionen einen großen Respekt hat, führte die alten Worte für unsere Andachtsübungen wieder ein. Die Prim war die Frühandacht, wie Ihnen zweifellos bekannt ist. Terz war zur dritten Stunde nach Tagesanbruch – das heißt, neun Uhr morgens. Derart nennen wir es nicht mehr Morgenandacht, sondern Terz. Ich finde das reizvoll. Desgleichen halten wir während Advent und Fastenzeit mittags Sext in der Abtei.«

»Sind alle diese Andachten Pflicht?«

»Natürlich. Sonst wäre es ja notwendig, für diejenigen Jungen Vorkehrungen zu treffen, die nicht teilnehmen. Das ist nicht erwünscht. Außerdem, Sie vergessen, daß Carne eine religiöse Stiftung ist.«

Es war eine schöne Nacht. Als sie den Platz überquerten, sah Smiley zum Turm hinauf. Er schien im Mondlicht kleiner und friedlicher. Das Weiß des Neuschnees erhellte selbst den Himmel; die ganze Abtei hob sich so scharf dagegen ab, daß sogar die verstümmelten Statuen der Heiligen in jeder traurigen Einzelheit ihrer Entstellung klar hervortraten, armselige Gestalten, ihrer Wirkung beraubt, ohne Augen, die sich verändernde Welt zu sehen.

Sie erreichten die Kreuzung südlich der Abtei.

»Hier trennen sich leider unsere Wege«, sagte D'Arcy, die Hand ausstreckend.

»Es ist eine wunderbare Nacht«, erwiderte Smiley rasch, »lassen Sie mich bis zu Ihrem Haus mitkommen.«

»Gern«, erwiderte D'Arcy trocken.

Sie gingen die North-Fields-Allee hinunter. Eine hohe Steinmauer lief an einer Seite entlang; auf der anderen begrenzte die große Fläche der Sportplätze, zwanzig oder mehr Rugby-Felder, die Straße auf mehr als achthundert Meter. Sie gingen dies Stück schweigend, bis D'Arcy anhielt und mit seinem Stock an Smiley vorbei auf ein kleines Haus am Rande der Sportplätze deutete.

»Das ist North Fields, das Haus der Rodes. Es gehörte früher dem Platzaufseher, aber die Schule ließ vor einigen Jahren einen Flügel anbauen, und jetzt dient es als Lehrerhaus. Mein eigenes Haus ist bedeutend größer und liegt weiter oben an der Straße. Glücklicherweise gehe ich gern zu Fuß.«

»Haben Sie in jener Nacht Stanley Rode hier in der Nähe gefunden?«

Nach einer Pause erwiderte D'Arcy: »Es war näher bei meinem Hause, ungefähr vierhundert Meter weiter. Er war in einem schrecklichen Zustand, der arme Kerl, schrecklich. Ich kann selbst den Anblick von Blut nicht ertragen. Hätte ich gewußt, wie er aussehen würde, als ich ihn ins Haus brachte, ich glaube nicht, daß ich's gekonnt hätte. Gott sei Dank ist meine Schwester Dorothy eine sehr tüchtige Frau.«

Schweigend gingen sie weiter, bis Smiley sagte: »Aus Ihren Äußerungen bei Tisch ging hervor, daß die Rodes sehr schlecht zueinander paßten.«

»Genau. Wenn sie auf andere Weise umgekommen wäre, so würde ich es als eine Fügung des Schicksals bezeichnen: eine segensvolle Befreiung für Rode. Sie war eine durch und durch boshafte Frau, Smiley, die darauf aus war, ihren Mann der Lächerlichkeit preiszugeben. Ich glaube, es war Absicht. Andere glauben es nicht. Ich aber schon, und ich habe meine Gründe. Sie fand ein Vergnügen daran, ihren Mann zu verhöhnen.«

»Und auch Carne, ohne Zweifel.«

»Genau das. Dies ist ein kritischer Augenblick in Carnes Entwicklung. Viele Internatsschulen haben dem vulgären Geschrei nach Veränderung nachgegeben – Veränderungen um jeden Preis. Ich freue mich, feststellen zu können, daß Carne sich diesen Selbstmördern nicht angeschlossen hat. Deshalb ist es jetzt um so wichtiger, daß wir uns von innen wie von außen schützen.« Er sprach mit überraschender Heftigkeit.

»Aber war Stella Rode wirklich so schwierig? Sicher hätte doch ihr Mann mit ihr sprechen können.«

»Ich habe ihn nie ermutigt, es zu tun, das versichere

ich Ihnen. Es ist nicht meine Art, mich in Eheprobleme einzumischen.«

Sie erreichten D'Arcys Haus. Eine hohe Lorbeerhecke schloß es völlig von der Straße ab, nur zwei Kaminkästen waren darüber sichtbar und bestätigten Smileys Eindruck, daß das Haus groß war und aus der viktorianischen Zeit stammte.

»Ich schäme mich viktorianischen Geschmacks nicht«, sagte D'Arcy und öffnete langsam das Gartentor; »aber wir sind ja auch, fürchte ich, hier in Carne mit der modernen Sprechweise nicht vertraut. Das Haus war einmal das Pfarrhaus der North-Fields-Kirche, aber der Kirchendienst wird jetzt von einem beauftragten Pfarrer von der Abtei versehen. Das Pfarrhaus ist noch im Verleihungsrecht der Schule, und ich war so glücklich, es zu bekommen. Gute Nacht. Sie müssen zu einem Sherry kommen, ehe Sie abreisen. Bleiben Sie länger?«

»Ich bezweifle es«, erwiderte Smiley, »aber ich bin sicher, Sie haben im Augenblick auch genug Sorgen.«

»Was meinen Sie damit?« fragte D'Arcy scharf.

»Die Presse, die Polizei und der ganze damit verbundene Wirbel.«

»Ach so. Ganz richtig! Dennoch, unser Gemeinschaftsleben muß fortgesetzt werden. Wir haben immer eine kleine Party in der Semestermitte, und ich habe das Gefühl, daß es besonders wichtig ist, sie auch diesmal abzuhalten. Ich werde Ihnen morgen eine Einladung ins Hotel schicken. Meine Schwester würde sich freuen. Gute Nacht!« Er warf klirrend das Tor zu, und das Geräusch erregte irgendwo hinter dem Haus wildes Hundegebell. Ein Fenster öffnete sich, und eine harte weibliche Stimme rief: »Bist du das, Felix?«

»Ja, Dorothy.«

»Warum mußt du einen so verdammten Radau machen? Du hast schon wieder die Hunde geweckt.« Das Fenster schloß sich mit einem Knall, und D'Arcy verschwand, ohne auch nur einen Blick in Smileys Richtung zu werfen, schnell im Schatten des Hauses.

Smiley trat wieder auf die Straße und ging zur Stadt zurück. Nach etwa zehn Minuten blieb er stehen und sah noch einmal zum Haus der Rodes hinüber, etwa hundert Meter jenseits der Sportplätze. Es lag im Schatten eines kleinen Fichtengehölzes; dunkel und verschwiegen hob es sich gegen die weißen Felder ab. Ein schmaler Weg führte zum Haus, in einer Ecke war eine Briefkastensäule aus Backstein; und ein kleiner eichener Wegweiser, ganz neu, wies die Allee hinunter, die, wie er schloß, nach Pylle führen mußte. Die Inschrift auf dem Wegweiser war durch eine Schneeschicht verdeckt, und Smiley wischte sie mit der Hand weg, so daß er die Worte »North Fields« lesen konnte; sie waren in einer gekünstelten, provinziellen, gotischen Schrift gehalten, die D'Arcy erhebliches Unbehagen bereitet haben mußte. Der Schnee in der Allee war ohne Fußspuren; offenbar war kürzlich mehr gefallen. Zwischen Carne und Pylle konnte es nicht viel Verkehr geben. Rasch die Hauptstraße auf und ab blickend, begann Smiley, die Allee hinunterzugehen. Auf beiden Seiten stand die Hecke hoch, und bald konnte er nur noch den blassen Himmel über sich und die wuchernden Weidengerten sehen, die sich ihm entgegenstreckten. Einmal glaubte er Schritte dicht hinter sich zu hören, aber als er stehenblieb, hörte er nichts als das verstohlene Rieseln der schneebeladenen Hecken. Er empfand die Kälte stärker: sie schien in dem unbeweglichen Dunst der tiefliegenden Straße zu hängen und ihn wie die eisige Luft eines leeren Hauses zu fassen und zu halten. Dann wich die Hecke zu seiner Linken einer schütteren Baumreihe, die nach Smileys Urteil zu dem Gehölz gehörte, das er von der Straße aus gesehen hatte. Der Schnee unter den Bäumen lag ungleichmäßig, und der nackte Boden sah plötzlich häßlich und zerrissen aus. Die Allee führte ihn in einer allmählichen Krümmung nach links, und urplötzlich stand das Haus vor ihm, unheimlich und schroff im Mondlicht. Die Mauern waren aus Backstein und Flint, halb verdunkelt von dem Efeu, der es üppig überwucherte und in einer verfilzten Mähne über das Tor fiel.

Er blickte zum Garten. Das Gehölz, das die Allee säumte, griff fast bis zur Ecke des Hauses über und erstreckte sich bis zum entfernten Rasenende, das Haus von den Sportplätzen abschirmend. Der Mörder hatte das Haus auf einem Pfad erreicht, der über den Rasen und zwischen den Bäumen zur Allee am entferntesten Gartenende führte. Als Smiley sorgfältig den Schnee auf dem Rasen betrachtete, konnte er den Verlauf des Pfades erkennen. Die weiße Glastür zur Linken des Hauses mußte zum Wintergarten führen ... Und plötzlich wußte er, daß er Angst hatte – Angst vor dem Haus, vor dem wuchernden dunklen Garten. Diese Erkenntnis überkam ihn wie das Bewußtsein eines Schmerzes. Die Efeumauern schienen sich vorzuneigen und ihn zu halten, wie eine alte Frau, die ein widerstrebendes Kind liebkost. Das Haus war groß und doch schäbig, in den jähen Gegensätzen des Mondlichtes hielt es unheimliche Gebilde, schwarz und ölig, in sich fest. Trotz seiner Angst fasziniert, bewegte er sich darauf zu. Die Schatten zerfielen und formten sich wieder, schossen flink davon und blieben wieder regungslos, versteckten sich im üppigen Efeu oder verschmolzen mit den schwarzen Fenstern.

Erschrocken empfand er die erste unfreiwillige Regung von Panik. Er hatte Angst; und dann schlossen sich alle seine Sinne zu einem vereinten Schreckensschrei zusammen: Anblick und Geräusch und Berührung ließen sich in der wilden Erregung seines Hirns nicht mehr unterscheiden. Er drehte sich um und rannte zum Tor zurück. Dabei sah er über seine Schulter zum Haus.

Eine Frau stand auf dem Pfad, sah ihn an, und hinter ihr bewegte sich die Wintergartentür langsam in den Angeln.

Eine Sekunde stand sie ganz still, drehte sich dann um und lief zum Wintergarten zurück. Smiley vergaß seine Furcht und folgte ihr. Als er die Hausecke erreichte, sah er zu seinem Erstaunen, daß sie an der Tür stand und sie sachte hin und her bewegte, auf eine nachdenkliche, spielerische Art, wie ein Kind. Sie hatte Smiley den Rücken zugewandt, drehte sich aber plötzlich zu ihm und sprach mit dem sanften Tonfall von Dorset und dem kindlichen Lispeln einer Einfältigen: »Ich dacht', Sie wär'n der Teufel, Mister, aber Sie ha'm ja keine Flügel.«

Smiley zögerte. Wenn er sich weiterbewegte, konnte sie wieder Angst bekommen und weglaufen. Er blickte sie über den Schnee hinweg an und versuchte, sie klar zu sehen. Sie schien eine Kapuze oder einen Schal über dem Kopf zu tragen und einen dunklen Umhang um die Schultern. In der Hand hielt sie ein Blätterbüschel, und dieses schwenkte sie sachte hin und her, als sie mit ihm sprach: »Aber Sie können nix tun, Mister, weil ich die

Stechpalmen hab', um Sie festzuhalten. Blei'm Sie also schön da, denn die kleine Jane kann Sie halten.«

Sie schüttelte die Blätter heftig gegen ihn und begann leise zu lachen. Sie hatte noch immer eine Hand an der Tür, und beim Sprechen baumelte ihr Kopf nach einer Seite.

»Sie blei'm von der kleinen Jane weg, Mister, so hübsch sie auch is.«

»Ja, Jane«, sagte Smiley sanft. »Sie sind ein sehr hübsches Mädchen, das kann ich sehen, und das ist ein hübscher Umhang, den Sie da tragen, Jane.«

Von diesen Worten offenbar entzückt, faßte sie die Aufschläge ihres Capes und drehte sich langsam, in der kindlichen Parodie einer feinen Dame.

Als sie sich drehte, sah Smiley zwei leere Mantelärmel an ihrer Seite schwingen.

»Manche gibt's, die lachen über Janie«, sagte sie mit einem Ton von Gereiztheit in der Stimme, »aber 's gibt nicht viele, die den Teufel fliegen gesehn ha'm. Aber Janie hat 'n gesehn, Janie hat 'n gesehn. Silberflügel wie Fische hat er gehabt, Janie sah's.«

»Wo hast du den Mantel gefunden, Janie?«

Sie legte die Hände zusammen und bewegte langsam den Kopf hin und her.

»Der is 'n Böser. Uh, der is 'n Böser, Mister«, und sie lachte leise. »Ich hab' ihn fliegen gesehn, auf'm Wind reiten«, sie lachte wieder, »und der Mond hinter ihm beleuchtete den Weg! Sind so verwandt wie Schwestern, der Mond und der Teufel.«

In einer plötzlichen Eingebung riß Smiley eine Handvoll Efeu von der Hausseite, hielt ihn ihr hin und bewegte sich dabei langsam vorwärts.

»Mögen Sie Blumen, Janie? Hier sind Blumen für

Janie; hübsche Blumen für die hübsche Janie.« Er hatte sie fast erreicht, als sie mit bemerkenswerter Schnelligkeit über den Rasen rannte, unter den Bäumen verschwand und die Allee hinunterlief. Smiley ließ sie entwischen. Er war in Schweiß gebadet.

Sowie er das Hotel erreichte, telefonierte er mit Kriminal-Inspektor Rigby.

7

König Arthurs Kirche

Der Kaffee-Salon des Sawley Arms hat die größte Ähnlichkeit mit dem Pavillon für Tropenpflanzen im Botanischen Garten von Kew. In einem Zeitalter erbaut, da Kaktus die Modepflanze und Bambus sein unentbehrlicher Gefährte war, hatte man den Salon als das architektonische Abbild einer Dschungellichtung entworfen. Stahlsäulen, in Segmente aufgeteilt wie der Stamm einer Palme, trugen ein hohes Glasdach, dessen königliche Kuppel den afrikanischen Himmel ersetzte. Riesige Bronzeurnen und grünglasiertes Steingut enthielten alles, was in der Kaktuswelt elegant und üppig war, und dazwischen konnten sich uralte Hotelgäste auf Sofas aus dünnem Bambusrohr entspannen, warmen Kaffee schlürfen und die Beschwerden einer Safari wiedererleben.

Smileys Bemühungen, um halb elf Uhr nachts eine Flasche Whisky und einen Soda-Siphon zu bekommen, wurden nicht sogleich belohnt. Es schien, daß die Journalisten wie Aasgeier von einem Kadaver verschwunden waren. Das einzig Lebendige im Hotel war der Nachtportier, der Smileys Bitte mit abweisender Mißbilligung behandelte und ihm riet, zu Bett zu gehen. Smiley, von Natur durchaus nicht hartnäckig, entdeckte in seiner Manteltasche eine Halbkronenmünze und drückte sie leicht gereizt dem alten Mann in die Hand. Das Resultat war, wenn nicht magisch, so doch wirksam, und als Rigby das Hotel betrat, saß Smiley vor einem hellen Gasfeuer im Kaffee-Salon, Gläser und eine Whiskyflasche vor sich.

Smiley berichtete seine Erlebnisse des Abends mit überlegter Genauigkeit.

»Der Mantel fiel mir auf. Es war ein schwerer Mantel, wie der eines Mannes«, schloß er. »Ich erinnerte mich an den blauen Gürtel und ...« Er beendete den Satz nicht.

Rigby nickte, stand auf und ging energisch durch den Salon und die Pendeltür und trat zum Tisch des Portiers. Nach zehn Minuten kam er zurück.

»Ich glaube, wir gehen lieber und schnappen sie«, sagte er nur. »Ich habe einen Wagen beordert.«

»Wir?« fragte Smiley.

»Ja, wenn es Ihnen recht ist. Was ist los? Haben Sie Angst?«

»Ja«, sagte er. »Ja, das habe ich.«

Das Dorf Pylle liegt südlich von North Fields, auf einem hohen Bergvorsprung, der steil aus den flachen, feuchten Wiesen von Carne herausragt. Es besteht aus einer Handvoll Steinkaten und einem kleinen Gasthaus, wo man im Gästezimmer Bier trinken kann. Von den Carne-Sportplätzen aus gesehen, könnte das Dorf leicht für einen zutage liegenden Fels auf einem hohen Hügel gehalten werden, denn der Berg, auf dem es liegt, sieht von der Nordseite kegelförmig aus. Lokalhistoriker behaupten, daß Pylle die älteste Siedlung in Dorset sei, daß sein Name angelsächsisch »Hafen« bedeute, und daß es den Römern als Landeplatz diente, als die Niederungen ringsum von der See bedeckt waren. Sie werden einem auch erzählen, daß König Arthur hier nach sieben Monaten auf See rastete und Sankt Andreas, dem Schutzheiligen der Seefahrer, huldigte, auf der Stätte der Kirche von Pylle, wo er für jeden Monat, den er zu Schiff verbracht hatte, eine Kerze stiftete; und daß es in der zur Erinnerung an seinen Besuch erbauten Kirche, die bis heute verlassen und vernachlässigt auf dem Hügel steht, eine Bronzemünze als Zeugnis seines Besuchs gibt – genau die, die König Arthur dem Küster schenkte, ehe er wieder zur Insel Avalon absegelte.

Inspektor William Rigby, selbst ein eifriger Lokalhistoriker, gab Smiley einen knappen Abriß der legendären Vergangenheit von Pylle, während er vorsichtig die schneebedeckte Landstraße entlangfuhr.

»Diese kleinen abgelegenen Dörfer sind ziemlich seltsame Orte«, schloß er. »Oft nur drei oder vier Familien, alle mit derartiger Inzucht, daß man sie ebensowenig auseinanderhalten kann wie eine Scheune voll Katzen. Daher kommen die Dorftrottel. Sie nennen's Teufelszeichen; ich nenne es Inzest. Sie können sie im Dorf nicht ausstehen, wissen Sie – sie treiben sie um jeden Preis davon, als versuchten sie, ihre Schande wegzuwaschen, wissen Sie.«

»Ich weiß.«

»Diese Jane gehört zur religiösen Sorte. Zwei oder drei werden so. Die Dorfbewohner von Pylle gehören jetzt alle zur Chapel-Sekte, deswegen hat man seit Wesley für König Arthurs Kirche keine Verwendung mehr gehabt. Steht leer und verfällt. Einige aus dem Tal kommen noch herauf, um sie zu besichtigen, wohl wegen ihrer Geschichte, aber niemand kümmert sich darum oder hat sich gekümmert, bis Janie einzog.«

»Einzog?«

»Ja. Sie hat sich angewöhnt, die Kirche bei Nacht und

Tag auszukehren, und bringt wilde Blumen und so weiter herein. Darum sagen sie, sie sei 'ne Hexe.«

Sie fuhren schweigend an Rodes Haus vorbei und begannen, nachdem sie die scharfe Krümmung genommen hatten, den langen, steilen, zum Dorf Pylle hinaufführenden Berg zu erklimmen. Der Schnee auf dem Feldweg war unberührt, und abgesehen von einem gelegentlichen Schleudern kamen sie ohne Schwierigkeiten voran. Die tieferen Berghänge waren bewaldet, die Straße war dunkel, bis sie sich plötzlich auf einem glatten Plateau befanden, wo ein grimmiger Wind feinen Schnee wie Rauch über die Felder blies und gegen das Auto peitschte. Der Schnee war auf der einen Straßenseite hochgeweht, und das Fahren wurde immer schwieriger.

Schließlich stoppte Rigby den Wagen und sagte: »Von hier aus gehen wir zu Fuß, Sir, wenn es Ihnen recht ist.«

»Wie weit ist es noch?«

»Kurz und bitter, würde ich sagen. Das ist das Dorf gerade voraus.« Durch die Windschutzscheibe konnte Smiley hinter den treibenden Schleiern wehenden Schnees zwei niedrige Gebäude etwa vierhundert Meter entfernt erkennen. Als er hinsah, kam eine große, vermummte Gestalt die Straße entlang auf sie zu.

»Das ist Ted Mundy«, sagte Rigby zufrieden. »Ich habe ihm gesagt, er soll hier sein. Er ist der Sergeant von Okeford.« Er lehnte sich aus dem Wagenfenster und rief fröhlich: »Hallo, Ted, du alter Geier, wie steht's?« Er öffnete die hintere Tür des Wagens, und der Sergeant stieg ein. Smiley und Mundy wurden kurz vorgestellt.

»In der Kirche ist Licht«, sagte Mundy, »aber ich weiß nicht, ob Janie da ist. Ich kann im Dorf niemanden fragen, oder ich hätte die ganze Bande um mich versammelt. Sie dachten, sie wäre endgültig fortgegangen.«

»Schläft sie denn da, Ted? Hat sie da ein Bett oder so was?« fragte Rigby, und Smiley bemerkte mit Wohlgefallen, daß sein Dorset-Akzent deutlicher war, wenn er mit Mundy sprach.

»So sagt man, Bill. Ich konnte kein Bett finden, als ich letzten Samstag reinschaute. Aber ich will dir etwas Merkwürdiges erzählen, Bill. Es sieht so aus, als ob Mrs. Rode hier manchmal raufgekommen ist, zu der Kapelle, um Janie zu besuchen.«

»Ich habe davon gehört«, sagte Rigby kurz. »Nun, wo liegt die Kirche?«

»Über dem Berg«, sagte Mundy. »Außerhalb vom Dorf, in einer Koppel.« Er wandte sich an Smiley. »Das ist hier herum ganz üblich, Sir, wie Sie wohl wissen.« Mundy sprach sehr langsam und wählte bedachtsam seine Worte. »Sehen Sie, als sie hier die Pest hatten, ließen sie ihre Toten in den Dörfern und zogen davon; aber nicht weit, wegen ihres Landes und der Kirche. Schrecklich war das, schrecklich.« Irgendwie bekam Mundy es fertig, den Eindruck zu vermitteln, als sei der Schwarze Tod eine noch nicht weit zurückliegende, wenn nicht gar im Gedächtnis der Lebenden bewahrte Katastrophe.

Sie stiegen aus dem Auto, die Türen gegen den starken Wind aufstemmend, und machten sich auf den Weg zum Dorf, Mundy voran und Smiley als dritter. Der feine und harte Treibschnee stach ihnen ins Gesicht. Hoch auf dem weißen Berg war es in einer solchen Nacht ein unheimlicher Gang. Die Krümmung des kahlen Berggrates, das Heulen des Windes, die Schneewolke, die rasch über den Mond zog, die elenden, unbeleuchteten Hütten, an denen sie vorsichtig vorbeigingen, gehörten einer anderen Welt an.

Mundy führte sie scharf nach links, und Smiley vermutete, daß er durch Vermeidung der Dorfmitte der Aufmerksamkeit seiner Bewohner zu entgehen hoffte. Nach einer Wanderung von etwa zwanzig Minuten, oft durch tiefen Schnee, folgten sie einer niedrigen Hecke zwischen zwei Feldern. In der äußersten Ecke des Feldes zur Rechten sahen sie ein fahles Licht über den Schnee schimmern, so fahl, daß Smiley zuerst den Blick abwenden und dann wieder auf die lange Zeile jener fernen Hecke richten mußte, um sich zu überzeugen, daß er nicht einer Täuschung unterlegen war. Rigby blieb stehen und winkte den anderen.

»Ich übernehme das jetzt«, sagte er. Er wandte sich an Smiley. »Ich wäre dankbar, Sir, wenn Sie etwas abseits bleiben würden. Sollte es irgendwelche Unannehmlichkeiten geben, möchten wir Sie nicht gern darin verwickelt haben, nicht wahr?«

»Selbstverständlich.«

»Ted Mundy, du kommst zu mir.«

Sie folgten der Hecke, bis sie zu einem Zauntritt kamen. Durch die Lücke in der Hecke sahen sie die Kirche jetzt deutlich, ein niedriges Bauwerk, mehr eine Scheune als eine Kirche. An einem Ende kam ein fahler Schimmer, wie das ungewisse Licht einer Kerze, verschwommen durch die bleigefaßten Fenster.

»Sie ist da«, flüsterte Mundy. Er und Rigby gingen weiter, Smiley folgte in einigem Abstand.

Sie überquerten jetzt das Feld, Rigby voran; die Kirche rückte immer näher. Neue Geräusche übertönten das Ächzen des Sturms; das trockene Knarren einer Tür, das

Knistern eines verfallenden Daches, das unaufhörliche Windseufzen über einem sterbenden Haus. Die beiden Männer vor Smiley waren stehengeblieben, fast im Schatten der Kirchenmauer, und flüsterten miteinander. Dann ging Mundy leise davon und verschwand um die Ecke der Kirche. Rigby wartete einen Moment, näherte sich dann dem niedrigen Eingang an der Rückwand und schob die Tür auf.

Sie ging langsam auf und quietschte dabei gequält in den Angeln. Dann verschwand er in der Kirche. Smiley wartete draußen; plötzlich hörte er über allen Nachtgeräuschen einen Schrei, so beklommen, schrill und klar, daß er keinen Ursprung zu haben, sondern überall auf dem Wind hinzureiten und den zerrissenen Himmel auf Flügeln zu besteigen schien; und Smiley hatte eine Vision der Verrückten Janie, wie er sie schon früher in der Nacht gesehen hatte, und hörte in ihrem sinnlosen Schrei wieder den schrecklichen Ton des Irrsinns. Einen Augenblick wartete er noch. Das Echo starb. Dann ging er langsam und erschrocken durch den Schnee zur offenen Tür.

Zwei Kerzen und eine Petroleumlampe auf dem kahlen Altar gossen ein trübes Licht über die winzige Kapelle. Vor dem Altar, auf der Stufe des Heiligtums, saß Janie und sah vage in ihre Richtung. Ihr ausdrucksloses Gesicht war mit blauen und grünen Flecken beschmiert, ihre schmutzigen Kleider waren mit Zweigen von Immergrün durchzogen, und überall vor ihr auf dem Boden lagen die Leichen von kleinen Tieren und Vögeln.

Die Kirchenbänke waren ähnlich mit allen möglichen toten Kreaturen geschmückt; auf dem Altar lagen zerbrochene Zweige und kleine Haufen von Stechpalmen.

Zwischen den Kerzen stand ein grobgeformtes Kreuz. An Rigby vorbei ging Smiley schnell den Chorgang hinunter, vorbei an Janes nachlässig dasitzender Gestalt, bis zum Altar. Einen Moment zögerte er, dann wandte er sich um und rief leise Rigby.

Auf dem Kreuz, über seine drei Enden drapiert wie ein plumper Kranz, hing eine Kette grüner Perlen.

8

Blumen für Stella

Er erwachte, das Echo ihres Schreis noch in den Ohren. Er hatte lange schlafen wollen, aber seine Uhr zeigte erst halb acht. Nun drehte er seine Nachttischlampe an, denn es war noch halb dunkel, und blickte sich mit Eulenaugen im Zimmer um. Da waren seine Hosen, über den Stuhl geworfen, unten immer noch feucht vom Schnee. Da waren seine Schuhe; er würde sich ein neues Paar kaufen müssen. Und da neben ihm lagen die Notizen, die er sich in den frühen Morgenstunden gemacht hatte, ehe er schlafen gegangen war, Gedächtnisprotokolle von einigen der Selbstgespräche der Verrückten Janie, aufgezeichnet auf der Rückfahrt nach Carne, einer Fahrt, die er nie vergessen würde. Mundy hatte mit ihr auf dem Rücksitz gesessen. Sie führte Selbstgespräche wie ein Kind, stellte Fragen und beantwortete sie dann in dem geduldigen Ton eines Erwachsenen, für den sich die Antworten von selbst verstehen.

Eine fixe Idee schien ihren Geist zu erfüllen: sie hatte den Teufel gesehen. Sie hatte ihn auf dem Winde fliegen sehen, seine silbernen Flügel hinter sich ausgestreckt. Manchmal belustigte die Erinnerung sie, manchmal blähte sie sie mit dem Gefühl ihrer eigenen Bedeutung oder Schönheit auf, und manchmal erschreckte sie sie, so daß sie stöhnte und weinte und ihn bat, sie zu verlassen. Dann sprach Mundy freundlich mit ihr und versuchte, sie zu beruhigen. Smiley überlegte, ob sich Polizisten an den Schmutz solcher Dinge gewöhnten, an Kleider, die nicht mehr waren als stinkende, um erbärmliche Glieder gewickelte Lumpen, an winselnde Blöde, die sich festklammerten, schrien und weinten. Sie mußte endlose Nächte auf der Flucht gelebt, ihre Nahrung auf den Feldern und in den Mülleimern gefunden haben seit der Mordnacht ... Was hatte sie in jener Nacht getan? Was hatte sie gesehen? Hatte sie Stella Rode getötet? Hatte sie den Mörder gesehen und sich eingebildet, er sei der auf dem Winde fliegende Teufel? Warum sollte sie das denken? Wenn Janie Stella nicht ermordet hatte, welcher Anblick hatte sie so erschreckt, daß sie drei lange Winternächte angstvoll herumgeschlichen war wie ein Tier im Wald? Hatte der Teufel in ihr Janie ergriffen und ihren Armen Kraft gegeben, als sie Stella niederschlug? War das der Teufel, der auf dem Winde ritt?

Aber die Perlen und der Mantel und die Fußabdrücke, die nicht von ihr stammten – was war mit denen? Er lag da, dachte nach und kam zu keinem Ergebnis. Endlich war es Zeit zum Aufstehen: es war der Morgen des Begräbnisses.

Als er aus dem Bett stieg, klingelte das Telefon. Es war Rigby. Seine Stimme klang angestrengt und dringlich. »Ich möchte Sie sprechen«, sagte er. »Können Sie vorbeikommen?«

»Vor oder nach dem Begräbnis?«

»Vorher, wenn möglich. Wie wäre es jetzt?«

»Ich bin in zehn Minuten bei Ihnen.«

Rigby sah zum erstenmal, seit Smiley ihn kennengelernt hatte, müde und besorgt aus.

»Es ist die Verrückte Janie«, sagte er. »Der Chef meint, wir sollten sie unter Anklage stellen.«

»Weswegen?«

»Mord«, sagte Rigby trocken und schob eine dünne Akte über den Tisch. »Die alte Närrin hat etwas zu Protokoll gegeben ... eine Art Geständnis.«

Sie saßen schweigend da, während Smiley das ungewöhnliche Protokoll las. Es war mit der Signatur der Verrückten Janie – J. L. – gezeichnet, in kindlicher Schrift und mit zollhohen Buchstaben. Der Beamte, der es aufgenommen hatte, hatte damit begonnen, ihren Bericht zusammenzufassen und zu vereinfachen, aber am Ende der ersten Seite hatte er dies offensichtlich verzweifelt aufgegeben. Endlich kam Smiley zur Schilderung des Mordes:

»Dann sag' ich meinem Liebling, ich sag' zu ihr: ›Du bist ein unartiges Geschöpf, daß du mit dem Teufel gehst‹, aber sie hört nicht, siehst du, und ich wurde böse mit ihr, aber sie paßte nicht auf. Ich kann die nicht leiden, die mit Teufeln gehen in der Nacht, und ich sag' es ihr. Sie hätte Stechpalmen haben sollen, Mister, das ist die Wahrheit. Ich sag' es ihr, Mister, aber sie wollte ja nicht hören, und das sind alles Janies Worte, aber Janie trieb den Teufel weg, das tat Janie, und eine gibt's, die wird's mir danken, das ist mein Liebling, und ich nahm ihren Schmuck, für die Heiligen tat ich's, um die Kirche zu verschönern, und einen Mantel, um mich zu wärmen.«

Rigby beobachtete ihn, wie er das Protokoll langsam wieder auf den Tisch zurücklegte.

»Nun, was halten Sie davon?«

Smiley zögerte. »Ziemlicher Unsinn, wie es da steht«, sagte er schließlich.

»Natürlich«, sagte Rigby. Es klang verächtlich. »Sie sah etwas, Gott weiß was, als sie da draußen herumlungerte; um zu stehlen, wahrscheinlich. Sie kann die Leiche beraubt haben, oder sie hat die Perlen aufgehoben, wo der Mörder sie fallengelassen hat. Wir forschten wegen des Mantels nach. Gehörte einem Mr. Jardine, einem Bäcker in Carne-Ost. Mrs. Jardine gab ihn Stella Rode letzten Mittwoch für die Flüchtlinge. Janie muß ihn aus dem Wintergarten gestohlen haben. Das hat sie mit dem ›um mich zu wärmen‹ gemeint. Aber sie hat Stella Rode ebensowenig ermordet wie Sie oder ich. Wie ist es denn mit den Fußabdrücken, den Handschuhspuren im Wintergarten? Außerdem, sie ist nicht stark genug – Janie ist das nicht, um diese arme Frau zwölf Meter durch den Schnee zu schleppen. Das ist Männerarbeit, wie jeder Mensch einsehen wird.«

»Was also genau ...«

»Wir haben die Suche abgeblasen, und ich soll einen Haftbefehl vorbereiten gegen eine Jane Lyn aus dem Dorf Pylle, wegen vorsätzlicher Ermordung von Stella Rode. Ich wollte es Ihnen selbst sagen, bevor Sie es überall in den Zeitungen lesen können. Damit Sie wissen, wie es war.«

»Danke.«

»Wenn ich Ihnen inzwischen irgendwie helfen kann, sind wir noch immer dazu bereit.« Er zögerte, schien noch etwas sagen zu wollen und es sich dann anders zu überlegen.

Als Smiley die breite Treppe hinabging, kam er sich nutzlos vor und war sehr zornig, was kaum die richtige Geistesverfassung für die Teilnahme an einer Beerdigung war.

Es war eine bewundernswert organisierte Angelegenheit. Weder die Blumen noch die Trauergemeinde überstiegen das dem Anlaß Angemessene. Sie wurde nicht in der Abtei bestattet, vielleicht aus Achtung vor ihrem einfachen Geschmack, sondern auf dem Gemeindefriedhof unweit von North Fields. Der Direktor war an dem Tag verhindert, wie er das meistens war, und hatte seine Frau geschickt, eine kleine, äußerst ausdruckslose Frau, die lange in Indien gelebt hatte. D'Arcy benahm sich sehr auffallend und flatterte vor der Feier wie ein eifriger Pedell hier herum und da, und Mr. Cardew war gekommen, um die arme Stella durch die ungewohnte anglikanische Hochkirchenprozedur zu geleiten. Die Hechts waren anwesend, Charles ganz in Schwarz, geschrubbt und glänzend, und Shane in dramatischer Aufmachung, mit einem sehr breitrandigen Hut.

Smiley, der wie die anderen in Erwartung des ungesunden öffentlichen Interesses, das die Zeremonie vielleicht erregen würde, frühzeitig gekommen war, fand einen Sitz in der Nähe des Kircheneingangs. Er beobachtete jeden neu Ankommenden mit Interesse und wartete auf seinen ersten Anblick von Stanley Rode.

Einige Geschäftsleute trafen ein, in ausgebeulte Serge gezwängt und mit schwarzen Schlipsen, und bildeten eine kleine Gruppe rechts des Mittelganges, abseits der Lehrerschaft und ihrer Frauen. Bald stießen andere Mitglieder der Bürgerschaft zu ihnen, Frauen, die Stella Rode im Bethaus kennengelernt hatten, und dann

Rigby, der Smiley gerade ansah und kein Zeichen des Erkennens gab. Dann schritt beim dritten Glockenschlag ein großer alter Mann langsam durch die Eingangstür; er sah gerade vor sich hin; kannte und sah niemanden. Neben ihm ging Stanley Rode.

Er hatte ein Gesicht, das Smiley beim ersten Anblick nichts sagte, da es weder den Stempel eines Temperaments noch die ausgeprägten Elemente eines Charakters zu haben schien; es war ein seichtes, gewöhnliches Gesicht, zur Plumpheit neigend, ohne Qualität. Es paßte zu seinem gedrungenen, gewöhnlichen Körper und seinem schwarzen, gewöhnlichen Haar; es trug einen angemessenen Ausdruck von Trauer. Während Smiley ihn in das Mittelschiff eintreten und seinen Platz unter den Hauptleidtragenden einnehmen sah, fiel ihm auf, daß Rodes Gang und Haltung erfolgreich etwas durchblicken ließen, was Carne völlig fremd war. Wenn es vulgär ist, in der Brusttasche der Jacke einen Federhalter zu tragen, einen Island-Pullover und braune Schlipse zu bevorzugen, beim Gehen etwas einzuknicken und die Füße nach außen zu drehen, dann war Rode ohne jeden Zweifel vulgär; denn obwohl er diese Sünden jetzt nicht beging, deutete sein Benehmen doch auf ihr Vorhandensein hin.

Sie folgten dem Sarg auf den Friedhof und versammelten sich um das offene Grab. D'Arcy und Fielding standen beisammen, offenbar auf die Zeremonie konzentriert. Die große, ältliche Gestalt, die die Kirche zusammen mit Rode betreten hatte, war jetzt sichtlich bewegt, und Smiley erriet, daß es Stellas Vater war, Samuel Glaston. Als die Zeremonie zu Ende war, entfernte sich der alte Mann schnell von der Menge, nickte Rode kurz zu und verschwand in der Kirche. Er schien beim

Gehen einen Widerstand zu überwinden, wie jemand, der gegen einen starken Wind ankämpft.

Die kleine Gruppe bewegte sich langsam vom Grabe fort, bis nur noch Rode übrig war, eine seltsame steife Gestalt, gespannt und beherrscht, die Augen geweitet, aber irgendwie ins Leere blickend, den Mund zum strengen Ausdruck eines Lehrers gestrafft. Dann schien Rode, während Smiley zusah, aus einem Traum zu erwachen; sein Körper entspannte sich plötzlich, und auch er ging langsam, aber ganz zuversichtlich vom Grabe zu der kleinen Gruppe, die sich jetzt am Friedhofstor wieder versammelt hatte. Dabei sah ihn Fielding, in der Ecke der Gruppe, näher kommen und ging, zu Smileys Überraschung, ganz absichtlich und schnell mit dem Ausdruck starken Abscheus davon. Es war nicht die berechnete Handlung eines Mannes, der einen anderen beleidigen wollte, denn sie wurde weder von Rode noch sonst von einem Umstehenden bemerkt. Wenn einer, dann schien Terence Fielding von einer echten Gefühlsregung übermannt und gleichgültig dagegen zu sein, welchen Eindruck er damit hervorrief.

Widerstrebend näherte sich Smiley der Gruppe. Rode stand ziemlich abseits, die D'Arcys waren da, und drei oder vier Mitglieder des Lehrerkollegiums. Niemand sprach viel. »Mr. Rode?« erkundigte er sich.

»Das stimmt, ja.« Rode sprach langsam, die Spur eines Akzents wurde sorgfältig vermieden.

»Ich vertrete Miss Brimley von der ›Christlichen Stimme‹.«

»Oh, ja.«

»Sie legte großen Wert darauf, daß die Zeitschrift vertreten wäre. Ich dachte, Sie würden das gern wissen.«

»Ich sah Ihren Kranz; sehr gütig, ganz gewiß.«

»Ihre Frau war eine unserer treuesten Helferinnen«, fuhr Smiley fort. »Wir betrachteten sie fast als zur Familie gehörig.«

»Ja, sie war sehr interessiert an der ›Stimme‹.«

Smiley überlegte, ob Rode immer so passiv war oder ob ihn der Trauerfall gleichgültig gemacht hatte.

»Wann sind Sie eingetroffen?« fragte Rode plötzlich.

»Am Freitag.«

»Machen ein Wochenende daraus, wie?«

Smiley war einen Moment so erstaunt, daß ihm keine Erwiderung einfiel. Rode sah ihn immer noch antwortheischend an.

»Ich habe ein oder zwei Bekannte hier ... Mr. Fielding ...«

»Oh, Terence.«

Smiley war überzeugt, daß Rode mit Fielding nicht auf Duzfuß stand.

»Ich möchte, wenn es Ihnen recht ist«, begann Smiley vorsichtig, »gern für Miss Brimley einen Nachruf schreiben. Hätten Sie etwas dagegen?«

»Stella wäre das sehr recht gewesen.«

»Wenn Sie nicht zu durcheinander sind, könnte ich vielleicht morgen wegen ein oder zwei Einzelheiten bei Ihnen vorbeikommen?«

»Gewiß.«

»Elf Uhr?«

»Es wird mir ein Vergnügen sein«, antwortete Rode fast schnippisch, und sie gingen zusammen zum Friedhofstor.

9

Die Trauernden

Es war eine schäbige List, die er da gegen einen Mann anwandte, der plötzlich seine Frau verloren hatte. Smiley wußte das. Als er behutsam das Tor öffnete und die Auffahrt betrat, wo er vor zwei Nächten seine merkwürdige Unterhaltung mit Jane Lyn gehabt hatte, gestand er sich ein, daß er völlig gewissenlos handelte, wenn er Rode zu einer solchen Zeit unter irgendeinem Vorwand besuchte. Es war eine Besonderheit von Smileys Charakter, daß er es während seiner ganzen Geheimdienstarbeit niemals fertiggebracht hatte, die Mittel mit dem Zweck in Einklang zu bringen. Als strenger Kritiker seiner eigenen Motive hatte er nach langer Beobachtung herausgefunden, daß er sich weniger oft vom Intellekt leiten ließ, als seine Gewohnheiten und Neigungen andeuten mochten; einmal war er im Krieg von seinem Vorgesetzten als ein Mann beschrieben worden, der die List Satans mit dem Gewissen einer Jungfrau vereinigte, und das schien ihm nicht ganz ungerecht.

Er drückte auf den Klingelknopf und wartete.

Stanley Rode öffnete die Tür. Er war sehr sauber angezogen, wirkte sehr gepflegt.

»Oh, hallo«, sagte er, als seien sie alte Freunde. »Sagen Sie, Sie haben nicht etwa einen Wagen?«

»Ich habe ihn leider in London gelassen.«

»Nicht so wichtig.« Rode schien enttäuscht. »Dachte, wir hätten vielleicht eine Fahrt unternehmen und uns unterwegs unterhalten können. Ich kriege es satt, hier allein herumzumurksen. Miss D'Arcy hat mich gebeten, bei ihnen zu wohnen. Sehr nette Leute, sehr nett, aber irgendwie wollte ich's nicht, noch nicht.«

»Ich verstehe das.«

»Wirklich?« Sie waren jetzt in der Halle. Smiley zog seinen Mantel aus, Rode wartete darauf, ihn in Empfang zu nehmen. »Ich glaube, viele verstehen es nicht – die Einsamkeit, meine ich. Wissen Sie, was sie gemacht haben, der Direktor und D'Arcy? Sie haben es gut gemeint, ich weiß. Sie haben alle meine Korrekturen weitervergeben – meine Examenskorrekturen. Was glaubt man wohl, was ich hier allein machen soll? Ich habe keinen Unterricht, nichts; sie sind alle eingesprungen. Man könnte glauben, sie wollen mich loswerden.«

Smiley nickte vage. Sie gingen zum Wohnzimmer, Rode voran.

»Ich weiß, sie meinten es gut, wie ich schon sagte. Aber schließlich muß ich ja die Zeit irgendwie hinbringen. Simon Snow hat einiges von meinen Aufgaben zum Korrigieren bekommen. Haben Sie ihn vielleicht zufällig getroffen? Einundsechzig Prozent hat er einem Jungen gegeben – einundsechzig! Der Junge ist ein völliger Dummkopf; ich sagte Fielding am Semesterbeginn, daß er unmöglich versetzt werden könne. Perkins ist sein Name, ein ganz netter Junge, Präfekt in Fieldings Haus. Dreißig Prozent wären schon viel für ihn ... einundsechzig Prozent gab ihm Snow. Ich habe die Prüfungsarbeiten natürlich noch nicht gesehen, aber es ist unmöglich, ganz unmöglich.«

Sie setzten sich.

»Nicht, daß ich etwas gegen das Weiterkommen des Jungen hätte. Er ist ein ganz netter Junge, nichts Besonderes, aber gute Manieren. Mrs. Rode und ich wollten ihn dieses Semester mal zum Tee einladen. Wir hätten es auch getan, wenn nicht ...«

Einen Augenblick herrschte Stille. Smiley wollte sprechen, aber Rode stand auf und sagte: »Ich habe einen Kessel auf dem Herd, Mr. ...«

»Smiley.«

»Ich habe einen Kessel auf dem Herd, Mr. Smiley. Darf ich Ihnen eine Tasse Kaffee machen?« Diese schwache, starre Stimme mit den sorgfältig gezeichneten Kanten, wie ein geliehener Cutaway, dachte Smiley.

Rode kam nach ein paar Minuten mit einem Tablett zurück und maß den Kaffee nach ihrem persönlichen Geschmack in genauen Mengen zu.

Smiley war ständig irritiert von Rodes gesellschaftlichem Getue und seinem dauernden Bemühen, seine Herkunft zu verbergen. Die ganze Zeit konnte man, aus jedem Wort und jeder Geste, bestimmen, was er war; aus dem Abwinkeln seines Ellbogens beim Kaffeetrinken, aus dem raschen, fachmännischen Zupfen am Knie seiner Hose beim Hinsetzen.

»Dürfte ich jetzt vielleicht ...« begann Smiley.

»Schießen Sie los, Mr. Smiley.«

»Wir sind natürlich besonders an Mrs. Rodes Beziehung zu unserer Kirche interessiert.«

»Gewiß.«

»Sie sind in Branxome getraut worden, nehme ich an.«

»Branxome Berg-Bethaus; schöne Kirche.« D'Arcy hätte die Art, wie er das sagte, nicht gemocht; selbstsicherer Bursche auf einem Motorrad, Bleistifte in der Außentasche.

»Wann war das?«

»September einundfünfzig.«

»Hat sich Mrs. Rode in Branxome karitativ betätigt? Ich weiß, sie war hier sehr aktiv.«

»Nein, nicht in Branxome, aber hier sehr viel. Sie mußte in Branxome ihren Vater versorgen, wissen Sie. Hier befaßte sie sich eifrig mit Flüchtlingshilfe. Die kam erst spät im Jahre 1956 richtig in Gang – die Ungarn fingen damit an, und dann dieses letzte Jahr ...«

Smiley sah Rode nachdenklich durch seine Brille an, vergaß sich, zwinkerte und blickte weg.

»Nahm sie großen Anteil an den gesellschaftlichen Vorgängen in Carne? Hat die Lehrerschaft eine eigene Frauenorganisation und so weiter?« fragte er unschuldig.

»Sie tat ein bißchen mit, ja. Aber da sie zur Chapel gehörte, hielt sie hauptsächlich zu den Chapel-Leuten aus der Stadt ... Sie sollten Mr. Cardew danach fragen, er ist der Prediger.«

»Aber darf ich sagen, daß sie auch an Schulangelegenheiten aktiv teilnahm?«

Rode zögerte.

»Ja, natürlich«, sagte er.

»Danke.«

Einen Augenblick herrschte Schweigen, dann fuhr Smiley fort: »Unsere Leser werden natürlich Mrs. Rode als Gewinnerin unseres Preisausschreibens für Küchentips in Erinnerung haben. War sie eine gute Köchin, Mr. Rode?«

»Sehr gut, in einfachen, nicht in ausgefallenen Sachen.«

»Gibt es irgendeine kleine Einzelheit, die Sie besonders erwähnt haben möchten, irgend etwas, von dem sie selbst gewünscht hätte, daß man sich deswegen an sie erinnert?«

Rode sah ihn mit ausdruckslosen Augen an. Dann zuckte er die Achseln.

»Nein, eigentlich nicht. Mir fällt nichts ein. Oh, Sie könnten sagen, daß ihr Vater oben im Norden Friedensrichter war. Darauf war sie stolz.«

Smiley trank seinen Kaffee aus und stand auf.

»Sie haben mir sehr viel Zeit gewidmet, Mr. Rode. Wir sind Ihnen sehr dankbar, versichere ich Ihnen. Ich werde dafür sorgen, daß Sie ein Vorausexemplar unseres Berichtes bekommen ...«

»Danke. Ich tat es für sie, wissen Sie. Sie mochte die ›Stimme‹ schon immer. Wuchs mit ihr auf.«

Sie reichten einander die Hand.

»Übrigens, wissen Sie, wo ich den alten Mr. Glaston antreffen könnte? Bleibt er noch in Carne oder ist er schon nach Branxome zurückgereist?«

»Er war gestern hier. Er fährt heute nachmittag nach Branxome zurück. Die Polizei wollte ihn vor seiner Abreise noch sprechen.«

»Ach so.«

»Er wohnt im ›Sawley‹.«

»Danke. Ich könnte versuchen, ihn zu treffen, bevor ich wegfahre.«

»Wann reisen Sie denn ab?«

»Ziemlich bald, denke ich. Adieu, Mr. Rode. Übrigens –«

»Ja?«

»Wenn Sie je in London sind und nicht wissen, was Sie anfangen sollen, wenn Sie den Wunsch nach einem Tratsch verspüren ... und nach einer Tasse Tee, werden wir uns immer freuen, Sie in der ›Stimme‹ zu sehen. Immer.«

»Danke. Vielen Dank, Mr. ...«

»Smiley.«

»Danke, das ist sehr freundlich. Das hat mir seit langem niemand gesagt. Ich werde Sie eines Tages beim Wort nehmen. Sehr nett von Ihnen.«

»Auf Wiedersehen.« Wieder schüttelten sie einander die Hand; Rodes Hand war trocken und kühl. Glatt.

Er kehrte zum »Sawley Arms« zurück, setzte sich in der leeren Hotelhalle an einen Tisch und schrieb einen Brief an Mr. Glaston:

> Sehr geehrter Mr. Glaston,
> ich bin im Auftrag von Miss Brimley von der »Christlichen Stimme« hier. Ich habe einige Briefe von Stella, von denen ich annehme, daß Sie sie vielleicht sehen möchten. Verzeihen Sie, daß ich Sie in diesem traurigen Augenblick behellige; wie ich höre, verlassen Sie Carne heute nachmittag, und ich möchte fragen, oh ich Sie vielleicht vor Ihrer Abreise sprechen könnte.

Er verschloß den Umschlag sorgfältig und trug den Brief zum Rezeptionspult. Dort war niemand, er klingelte also und wartete. Endlich kam der Portier; wie ein alter Gefangenenaufseher mit einem grauen, stoppeligen Gesicht sah er aus. Nachdem er den Umschlag lange und kritisch geprüft hatte, war er für ein übertriebenes Trinkgeld bereit, ihn in Mr. Glastons Zimmer zu befördern. Smiley blieb am Pult und erwartete seine Antwort.

Smiley war einer von jenen Einzelgängern, die vollkommen entwickelt mit achtzehn Jahren auf die Welt gekommen zu sein scheinen. Ein zurückgezogenes Dasein entsprach sowohl seiner Natur als auch seinem Beruf. Die Nebenwege der Spionage werden nicht von den lauten und farbenfrohen Abenteurern der Unterhaltungsliteratur bevölkert. Ein Mann, der wie Smiley jahrelang unter den Feinden seines Landes gearbeitet hat, lernt nur ein Gebet: daß man nie, nie auffallen möge. Anpassung ist sein höchstes Ziel. Er lernt die Menschenmassen lieben, die an ihm auf der Straße ohne einen Blick vorübergehen; er hängt sich an sie um seiner Anonymität und Sicherheit willen. Seine Furcht macht ihn servil – er könnte die Kauflustigen umarmen, die ihn in ihrer Ungeduld stoßen und vom Gehsteig drängen. Er könnte die Beamten, die Polizisten, die Omnibuschauffeure wegen der harten Gleichgültigkeit ihrer Haltung anbeten.

Doch diese Furcht, diese Servilität, diese Abhängigkeit hatte in Smiley ein Einfühlungsvermögen für die Eigenheit menschlicher Wesen entwickelt: eine rasche, feminine Empfindsamkeit für ihre Charaktere und Motive. Er kannte die Menschen wie ein Jäger seine Dekkung, wie ein Fuchs den Wald. Denn ein Spion muß jagen, während er gejagt wird, und die Menge ist sein Revier. Er konnte ihre Gesten und Worte ablesen, das Zusammenspiel von Blick und Bewegung vermerken, wie ein Jäger das geknickte Farnkraut, den gebrochenen Zweig registriert, oder wie ein Fuchs die Zeichen der Gefahr entdeckt.

So war er, während er geduldig auf Glastons Antwort wartete und sich die zusammengedrängten Ereignisse der letzten achtundvierzig Stunden in Erinnerung rief, imstande, sie gelassen zu ordnen und zu prüfen. Was war der Grund von D'Arcys Haltung gegenüber Fielding, als seien sie widerwillige Teilhaber eines schäbigen Geheimnisses? Über den verwahrlosten Hotelgarten zur

Abtei von Carne hinüberblickend, konnte er hinter dem Bleidach der Abtei die vertrauten Zinnen der Schule erkennen: Sie ließen die neue Welt nicht ein und schützten die alte. Vor seinem geistigen Auge sah er jetzt den Großen Hof und die Jungen, die aus der Kapelle kamen: die schwarzröckigen Gruppen mit den lässigen Gebärden, die im England des achtzehnten Jahrhunderts üblich waren. Und er dachte an die andere Schule neben der Polizeistation: die öffentliche Schule von Carne; ein kleines, schäbiges Gebäude, wie ein Pförtnerhaus auf einem leeren Friedhof, so weit entfernt vom Stil von Carne wie sein Back- und Feldstein von den safrangelben Zinnen der Schulhalle.

Ja, überlegte er, Stanley Rode war der öffentlichen Schule in Branxome ganz und gar entwachsen. Und wenn er seine Frau ermordet hatte, so war das Motiv – davon war Smiley überzeugt – und selbst das Mordwerkzeug in diesem mühevollen Gang nach Carne zu finden.

»Sehr freundlich von Ihnen, daß Sie gekommen sind«, sagte Glaston, »freundlich von Miss Brimley, Sie zu schikken. Es sind gute Leute bei der ›Stimme‹; immer gewesen.« Er sagte dies, als sei »gut« eine absolute Eigenschaft, mit der er vertraut war.

»Sie lesen am besten die Briefe, Mr. Glaston. Der zweite wird Sie schockieren, fürchte ich, aber ich bin sicher, Sie werden mir zustimmen, daß es falsch von mir wäre, ihn Ihnen nicht zu zeigen.« Sie saßen im Kaffeesalon, die Mammutpflanzen wie Wächter neben sich.

Er übergab Glaston die beiden Briefe, und der alte Mann nahm sie mit fester Hand und las sie. Er hielt sie beim Lesen ziemlich weit von sich weg, den charaktervollen Kopf zurückgeworfen, die Augen halb geschlossen, die scharfe Linie seines Mundes an den Winkeln herabgezogen. Schließlich sagte er: »Sie waren im Krieg mit Miss Brimley zusammen, nicht wahr?«

»Ich habe mit John Landsbury gearbeitet, ja.«

»Ich verstehe. Deswegen wandte sie sich an Sie?«

»Ja.«

»Gehören Sie zur Chapel-Sekte?«

»Nein.«

Er schwieg eine Weile, die Hände im Schoß gefaltet, die Briefe vor sich auf dem Tisch.

»Stanley gehörte zur Chapel, als sie heirateten. Dann trat er über. Wußten Sie das?«

»Ja.«

»Dort, wo ich herkomme, im Norden, tun wir das nicht. Unsere Religion war etwas, wofür wir eintraten und siegten. Fast wie das Stimmrecht.«

»Ich weiß.«

Seine Haltung war gerade, soldatisch. Er sah eher streng als traurig aus. Ganz plötzlich richtete er seinen Blick auf Smiley und sah ihn lange und aufmerksam an.

»Sind Sie ein Schulmeister?« fragte er, und Smiley fiel ein, daß Samuel Glaston zu seiner Zeit ein sehr schlauer Geschäftsmann gewesen war.

»Nein ... Ich habe mich mehr oder weniger zurückgezogen.«

»Verheiratet?«

»Ich war es.«

Wieder fiel der alte Mann in Schweigen, und Smiley wünschte, er hätte ihn in Ruhe gelassen.

»Sie war eine große Klatschbase«, äußerte er endlich.

Smiley erwiderte nichts.

»Haben Sie es der Polizei gesagt?«

»Ja. Aber sie wußte schon Bescheid. Das heißt, sie

wußte, daß Stella dachte, ihr Mann werde sie ermorden. Sie hatte versucht, es Mr. Cardew zu sagen ...«

»Dem Prediger?«

»Ja. Er meinte, sie wäre überreizt und ... von Wahnvorstellungen verfolgt.«

»Glauben Sie, daß sie das nicht war?«

»Das weiß ich nicht. Ich weiß es einfach nicht. Aber nach allem, was ich über Ihre Tochter gehört habe, glaube ich nicht, daß sie geistesgestört war. Irgend etwas erregte ihren Verdacht, irgend etwas erfüllte sie mit großer Furcht. Ich glaube nicht, daß wir das einfach außer acht lassen können. Ich halte es nicht für einen Zufall, daß sie Angst hatte, bevor sie starb. Und deswegen glaube ich nicht, daß die Bettlerin sie ermordet hat.«

Samuel Glaston nickte langsam. Smiley schien es, daß der alte Mann Interesse zu zeigen versuchte, teils aus Höflichkeit und andererseits, weil Teilnahmslosigkeit ein Eingeständnis sein würde, daß er das Interesse am Leben selbst verloren hatte.

Dann faltete er nach einem langen Schweigen die Briefe sorgfältig wieder zusammen und gab sie ihm zurück. Smiley wartete darauf, daß er etwas sagen werde, aber er sagte nichts.

Nach einigen Augenblicken stand Smiley auf und verließ leise den Raum.

10

Kleine Frauen

Shane Hecht lächelte und nahm einen Schluck Sherry. »Sie müssen ja furchtbar wichtig sein«, sagte sie zu Smiley, »wenn D'Arcy anständigen Sherry serviert. Stehen Sie im Gotha?«

»Leider nicht. D'Arcy und ich haben Samstag abend bei Terence Fielding gegessen, und D'Arcy hat mich zum Sherry eingeladen.«

»Terence ist niederträchtig, nicht? Charles verabscheut ihn. Ich fürchte, jeder von den beiden sieht Sparta mit ganz anderen Augen ... Armer Terence, es ist sein letztes Semester.«

»Ich weiß.«

»So nett von Ihnen, daß Sie gestern zum Begräbnis gekommen sind. Ich hasse Begräbnisse, Sie nicht auch? Schwarz ist so unhygienisch. Ich werde mich immer an das Begräbnis Georgs V. erinnern. Lord Sawley war damals am Hof und gab Charles zwei Karten. So gütig. Ich glaube immer, es hat uns für gewöhnliche Begräbnisse in gewisser Weise *verdorben.* Obwohl ich mir über Begräbnisse nie ganz klar bin, und Sie? Ich habe den Verdacht, daß sie hauptsächlich eine Unterhaltung für die unteren Schichten sind; Cherry Brandy und Aniskuchen in der guten Stube. Ich finde, Leute unserer Art neigen in diesen Tagen zu einem *stillen* Begräbnis; keine

Blumen, nur ein kurzer Nachruf und Gedächtnisgottesdienst später.« Ihre kleinen Augen strahlten vor Vergnügen. Sie trank ihren Sherry aus und hielt Smiley das leere Glas hin.

»Würde es Ihnen etwas ausmachen, mein Bester? Ich hasse Sherry, aber Felix ist ja so knickrig.«

Smiley füllte ihr Glas aus der Karaffe auf dem Tisch.

»Schrecklicher Mord, nicht? Dieses Bettelweib muß verrückt sein. Stella Rode war eine so nette Person, habe ich immer gefunden ... und so *ungewöhnlich.* Sie machte so geschickte Sachen aus einem und demselben Kleid ... Aber sie hatte so merkwürdige Freunde. Alles für Hans, den Holzfäller, und Pedro, den Fischer, wenn Sie wissen, was ich meine.«

»War sie beliebt in Carne?«

Shane Hecht lachte liebenswürdig. »Niemand ist beliebt in Carne ... aber es war nicht leicht, sie zu mögen ... An Sonntagen trug sie schwarzen Krepp ... Verzeihen Sie, aber tun das die unteren Klassen immer? Die Leute in der Stadt mochten sie, glaube ich. Sie schätzen ja jeden, der Carne verrät. Aber sie war ja auch Christian Science oder so was.«

»Baptistin, soviel ich weiß«, sagte Smiley gedankenlos.

Sie sah ihn einen Augenblick mit unverhohlener Neugier an. »Wie süß«, murmelte sie. »Sagen Sie, was sind *Sie* eigentlich?«

Smiley gab eine scherzhafte Antwort, indem er sagte, er sei arbeitslos, und merkte, daß er nur um Haaresbreite vermieden hatte, sich Shane Hecht zu offenbaren wie ein kleiner Junge. Gerade ihre Häßlichkeit, ihr Umfang und ihre Stimme, verbunden mit der blasierten Bosheit ihrer Unterhaltung, gaben ihr die gefährliche Fähigkeit, andere zu beherrschen. Smiley war versucht, sie mit

Fielding zu vergleichen. Aber für Fielding existierten andere Menschen kaum. Für Shane Hecht existierten sie: sie waren da, um in kleinlichen Prüfungen ihres gesellschaftlichen Verhaltens als unzulänglich erkannt, lächerlich gemacht, isoliert und vernichtet zu werden.

»Ich las in der Zeitung, daß ihr Vater ziemlich wohlhabend war. Aus dem Norden. Zweite Generation. Wirklich bemerkenswert, wie wenig verwöhnt sie war ... so natürlich. Man würde nicht denken, daß sie es nötig hatte, zur Waschanstalt zu gehen oder sich mit Bettlern anzufreunden ... Aber die Midlands sind natürlich anders, nicht? ... Nur ungefähr drei gute Familien zwischen Ipswich und Newcastle. Woher kommen Sie, mein Bester?«

»London.«

»Wie nett. Ich war einmal bei Stella zum Tee. Zuerst die Milch in die Tasse und dann indischen Tee! So anders.« Sie sah Smiley plötzlich an und meinte: »Ich will Ihnen etwas sagen. Ich bewunderte sie fast, so unerträglich fand ich sie. Sie war eine von den lästigen kleinen Snobs, die denken, daß nur die Demütigen tugendhaft sind.« Dann lächelte sie und fügte hinzu: »Ich stimmte sogar mit Charles über Stella Rode überein, und das will etwas heißen. Wenn Sie die Menschheit studieren wollen, gehen Sie hin und betrachten Sie ihn, der Gegensatz ist fesselnd.« Doch in diesem Augenblick gesellte sich D'Arcys Schwester zu ihnen, eine knochige, männlich wirkende Frau mit unordentlichem grauen Haar und einem arroganten, gierigen Mund.

»Dorothy, Liebling«, murmelte Shane; »so eine wunderbare Party, so *nett*. Und so *aufregend*, jemanden aus London zu treffen, findest du nicht? Wir sprachen gerade über das Begräbnis der armen Mrs. Rode.«

»Stella Rode hat vielleicht verdammt schlechte Manieren gehabt, Shane, aber sie hat eine Menge für meine Flüchtlinge getan.«

»Flüchtlinge?« fragte Smiley unschuldig.

»Ungarn. Sammelte für sie. Kleider, Möbel, Geld. Eine der wenigen Frauen, die etwas *taten.*« Sie blickte Shane Hecht, die milde an ihr vorbei zu ihrem Mann hinüberlächelte, scharf an: »Fleißiges kleines Geschöpf war sie; machte sich nichts daraus, die Ärmel hochzukrempeln und von Tür zu Tür zu gehen. Brachte ihre kleinen Frauen in der Baptistenkapelle auch dazu und schaffte eine Menge Zeug herbei. Das muß man ihnen lassen, wissen Sie. Sie haben Unternehmungsgeist. Felix, noch einen Sherry!«

Es waren ungefähr zwanzig Personen in den zwei Räumen, aber Smiley, der etwas verspätet eingetroffen war, blieb bei einer Gruppe von ungefähr acht kleben, die der Tür am nächsten standen: D'Arcy und seine Schwester; Charles und Shane Hecht; ein junger Mathematiker namens Snow mit seiner Frau; ein Hilfsgeistlicher von der Abtei und Smiley selbst, verwirrt und maulwurfähnlich hinter seiner Brille. Smiley blickte sich rasch im Zimmer um, konnte jedoch keine Spur von Fielding entdecken.

»... Ja«, fuhr Dorothy D'Arcy fort, »sie war eine gute, kleine Arbeiterin, sehr ... noch bis zum Ende. Ich ging am Freitag hinüber mit diesem Pfarrersmann vom Blech-Bethaus – Cardew –, um nachzusehen, ob es da noch Flüchtlingszeug aufzuräumen gebe. Da war nichts am falschen Platz – jedes Stück, das sie hatte, war verpackt und adressiert; wir brauchten es nur abzuschicken. Sie war eine verdammt gute kleine Arbeiterin, muß ich schon sagen. Machte ihre Sache im Basar glänzend, weißt du.«

»Ja, Liebling«, sagte Shane Hecht süß. »Ich erinnere mich genau. Es war der Tag, an dem ich sie Lady Sawley vorstellte. Sie trug einen so reizenden kleinen Hut – den, den sie sonntags trug, weißt du. Und so respektvoll. Sie redete sie mit ›Milady‹ an.« Sie wandte sich an Smiley und hauchte: »Richtig feudal, finden Sie nicht, mein Bester? Ich schätze das immer. Wir sind nur noch wenige.«

Der Mathematiker und seine Frau sprachen in einer Ecke mit Charles Hecht, und einige Minuten später gelang es Smiley, sich aus der Gruppe herauszuwinden und sich ihnen zuzugesellen.

Ann Snow war eine hübsche junge Frau mit einem etwas eckigen Gesicht und einer Stupsnase. Ihr Mann war groß und hager und hatte eine angenehm gebeugte Haltung. Er hielt sein Sherryglas zwischen geraden, schlanken Fingern, als sei es eine chemische Retorte, und wenn er sprach, schien er sich mehr an den Sherry als an den Hörer zu wenden; Smiley erinnerte sich vom Begräbnis an die beiden. Hecht sah rot und ziemlich verärgert aus, er sog an seiner Pfeife. Sie sprachen unzusammenhängend, ihre Unterhaltung wurde von dem Meinungsaustausch der Nachbargruppe übertönt. Hecht wandte sich schließlich von ihnen ab, immer noch stirnrunzelnd und in sich gekehrt, und stand betont allein bei der Tür.

»Arme Stella«, sagte Ann Snow nach einem Augenblick der Stille. »Verzeihung, ich kann sie noch nicht aus meinen Gedanken bekommen. Es scheint verrückt, einfach verrückt. Ich meine, warum sollte sie es *getan* haben, dieses Janie-Weib?«

»Mochten Sie Stella?« fragte Smiley.

»Natürlich. Sie war reizend. Wir sind jetzt vier Semester hier, aber sie war die einzige hier, die zu uns wirklich freundlich gewesen ist.« Ihr Mann sagte nichts, nickte nur seinem Sherry zu. »Simon war kein Carne-Schüler, sehen Sie – die meisten Lehrer waren es –, daher kannten wir niemanden, und niemand interessierte sich wirklich für uns. Sie taten selbstverständlich alle so, als seien sie furchtbar eingenommen von uns, aber es war Stella, die wirklich ...«

Dorothy D'Arcy stürzte sich auf sie. »Mrs. Snow«, sagte sie energisch, »ich wollte mit Ihnen sprechen. Ich möchte, daß Sie Stella Rodes Job bei den Flüchtlingen übernehmen.« Sie warf einen abschätzenden Blick in Simons Richtung: »Der Direktor ist an den Flüchtlingen sehr interessiert.«

»Du meine Güte!« antwortete Ann Snow erschrocken. »Ich könnte nicht, unmöglich, Miss D'Arcy, ich ...«

»Sie könnten nicht? Warum könnten Sie nicht? Sie haben doch Mrs. Rode bei ihrem Stand im Basar geholfen, oder?«

»Daher hat sie also ihre Kleider bekommen«, hauchte Shane hinter ihnen.

Ann verhedderte sich immer mehr: »Aber ... Nun, ich habe nicht Stellas Energie, verstehen Sie mich; und außerdem war sie Baptistin: alle Ortsansässigen halfen ihr, gaben ihr Sachen, und alle mochten sie leiden. Bei mir wäre das anders.«

»Lauter verdammter Unsinn«, erklärte Miss D'Arcy, die zu allen, die jünger waren als sie, sprach, als seien sie Bediente oder unartige Kinder; und Shane Hecht sagte neben ihr: »Baptisten sind doch die Leute, die keine eigenen Kirchenstühle mögen, nicht? Sie haben ja so recht – man hat das Gefühl, wenn man schon dafür bezahlt hat, dann muß man auch hingehen.«

Der Hilfsgeistliche, der sich in einer Ecke über Crikket unterhalten hatte, fühlte sich zu mildem Protest veranlaßt: »Nein, wirklich, Mrs. Hecht, der eigene Kirchenstuhl hatte viele Vorteile ...« und ließ sich auf eine weitschweifige Apologie des alten Brauchs ein, der Shane mit allen Anzeichen eifrigster Teilnahme lauschte. Als er endlich fertig war, sagte sie: »Danke, William, mein Bester, so süß«, wandte ihm den Rücken zu und fügte für Smiley im Bühnengeflüster hinzu: »William Trumper – einer von Charles' alten Schülern – solch ein Triumph, als er sein Abitur bestand.«

Smiley, erpicht darauf, sich von Shane Hechts Rache an dem Hilfsgeistlichen zu distanzieren, wandte sich Ann Snow zu, aber diese war noch immer Miss D'Arcys karitativen Absichten ausgeliefert, und Shane redete noch immer auf ihn ein: »Der einzige Smiley, von dem ich je gehört habe, heiratete Lady Ann Sercombe am Ende des Krieges. Sie verließ ihn natürlich bald danach. Eine sehr merkwürdige Verbindung. Ich habe gehört, er habe gar nicht zu ihr gepaßt. Sie war Lord Sawleys Kusine, wissen Sie. Die Sawleys sind seit vierhundert Jahren mit Carne verbunden. Der jetzige Erbe ist ein Schüler von Charles; wir dinieren oft im Schloß. Ich habe nie gehört, was aus Ann Sercombe geworden ist ... sie ging nach Afrika ... oder war es Indien? Nein, es war Amerika. So tragisch. Man spricht im Schloß nicht darüber.« Einen Augenblick hörte der Lärm im Zimmer auf. Einen Augenblick, nicht länger, konnte er nichts wahrnehmen als den beharrlichen Blick, den Shane Hecht auf ihn richtete, und er wußte, daß sie auf eine Antwort wartete. Und dann ließ sie ihn los, als wollte sie sagen: Ich könnte Sie zerquetschen, sehen Sie, aber ich will's nicht. Ich werde Sie leben lassen; und sie drehte sich um und ging davon.

Er richtete es so ein, daß er zur gleichen Zeit wie Ann und Simon Snow aufbrach. Sie hatten einen alten Wagen und bestanden darauf, Smiley zu seinem Hotel zurückzubringen.

Unterwegs sagte er: »Wenn Sie nichts Besseres vorhaben, würde ich mich freuen, wenn ich Sie beide zum Dinner in meinem Hotel einladen dürfte. Ich fürchte bloß, das Essen ist gräßlich.«

Die Snows protestierten und nahmen an, und eine Viertelstunde später saßen alle drei in einer Ecke des riesigen Speisesaal im Hotel »Sawley Arms«, zur großen Verzweiflung von drei Kellnern und einem Dutzend Generationen von Lord Sawleys Ahnen, aufgedunsenen Herren in abbröckelnden Ölfarben.

»Wir lernten sie wirklich erst in unserem zweiten Semester kennen«, setzte Ann Snow fort. »Stella verkehrte nicht viel mit den anderen Frauen – sie wußte damals schon, warum. Sie ging nicht zu Kaffeegesellschaften und so weiter, daher war es ein wirkliches Glück, daß wir uns trafen. Als wir hierherkamen, war kein Lehrerhaus für uns verfügbar; wir mußten das erste Semester in einem Hotel verbringen. Am Ende unseres zweiten Semesters zogen wir in ein kleines Haus in der Bread Street. Der Umzug war ein Chaos – Simon hatte Prüfungen für die Stipendienkandidaten, und wir waren so schrecklich pleite, daß wir alles nur Mögliche selbst machen mußten. Es war ein nasser Donnerstagmorgen, als wir umzogen. Der Regen strömte nur so herunter; aber keines von unseren guten Möbelstücken wollte durch die Haustür gehen, und am Ende luden sie die Möbelpacker der Spedition Mulligan einfach an der Türschwelle ab und überließen es mir, damit fertig zu werden.« Sie lachte, und Smiley dachte, was für ein liebenswürdiges Kind sie doch war. »Sie waren absolut ekelhaft. Sie wären einfach weggefahren, glaube ich, aber sie wollten einen Scheck, sowie sie die Lieferung gemacht hatten, und die Rechnung betrug viel mehr als der Voranschlag. Ich hatte natürlich auch das Scheckbuch nicht. Simon war damit ausgegangen. Die Leute von Mulligan drohten sogar, das ganze Zeug wieder fortzubringen. Es war entsetzlich. Ich glaube, ich war den Tränen nahe.« Sie ist's beinahe jetzt noch, dachte Smiley. »Dann erschien Stella wie aus heiterem Himmel. Ich weiß nicht, woher sie überhaupt wußte, daß wir umzogen – ich bin sicher, niemand sonst wußte es. Sie hatte einen Overall und ein altes Paar Schuhe mitgebracht, und sie war gekommen, um zu helfen. Als sie sah, was vorging, kümmerte sie sich überhaupt nicht um die Männer, ging einfach zum Telefon und rief Mr. Mulligan selbst an. Ich weiß nicht, was sie ihm sagte, aber sie ließ den Vorarbeiter hinterher mit ihm sprechen, und danach gab es keinen Ärger mehr. Sie war schrecklich glücklich – glücklich, zu *helfen*. So ein Mensch war sie. Sie hoben kurzerhand die Tür aus den Angeln und bekamen es fertig, alles hineinzuschaffen. Sie verstand es wunderbar, zu helfen, ohne zu kommandieren. Die übrigen Frauen«, fügte sie bitter hinzu, »sind gut im Kommandieren, helfen aber überhaupt nicht.«

Smiley nickte und füllte diskret ihre Gläser.

»Simon geht«, sagte Ann, plötzlich vertraulich. »Er hat ein Stipendium, und wir gehen nach Oxford zurück. Er wird seinen Dr. phil. machen und eine Stelle an der Universität bekommen.«

Sie tranken auf seinen Erfolg, und die Unterhaltung wandte sich anderen Dingen zu, bis Smiley fragte: »Wie ist es denn, mit Rode zu arbeiten?«

»Er ist ein guter Lehrer«, sagte Simon langsam, »aber unangenehm als Kollege.«

»Oh, er war ganz anders als Stella«, sagte Ann; »schrecklich Carne-bewußt. D'Arcy nahm sich seiner an, und er wurde davon angesteckt. Simon sagt, alle Leute aus öffentlichen Schulen werden so – es ist die Wut des Konvertiten. Widerlich. Er wechselte sogar seine Religion, als er nach Carne kam. Aber Stella tat es nicht; sie dachte nicht im Traum daran.«

»Die Staatskirche hat in Carne viel zu bieten«, bemerkte Simon, und Smiley erfreute sich an der trockenen Präzision seiner Äußerung.

»Stella ist wohl nicht besonders gut mit Shane Hecht ausgekommen?« sondierte Smiley sanft.

»*Natürlich* nicht!« erklärte Ann zornig. »Shane war ekelhaft zu ihr, verhöhnte sie immer, weil sie ehrlich und schlicht über das sprach, was ihr gefiel. Shane haßte Stella – ich glaube deswegen, weil Stella gar keine distinguierte Lady sein wollte. Sie war ganz zufrieden, sie selbst zu sein. Genau das irritierte Shane. Shane hat es gern, wenn die Menschen miteinander konkurrieren, so daß sie sie lächerlich machen kann.«

»Das tut auch Carne«, sagte Simon leise.

»Bei der Flüchtlingshilfe war sie sehr gut. Dadurch kam sie erst richtig in Schwierigkeiten.« Ann Snows schlanke Hände wiegten sanft ihr Kognakglas.

»Schwierigkeiten?«

»Unmittelbar vor ihrem Tod. Hat Ihnen das niemand erzählt? Von ihrem schrecklichen Krach mit D'Arcys Schwester?«

»Nein.«

»Natürlich hätte man es nicht getan. Stella klatschte nie.«

»Ich will's Ihnen erzählen«, sagte Simon. »Es ist eine gute Geschichte. Als die Sache mit dem Flüchtlingsjahr anfing, war Dorothy D'Arcy von karitativem Enthusiasmus entflammt. Ebenso der Direktor. Dorothys Schwärmereien scheinen immer den seinen zu entsprechen.

Sie begann, Kleider und Geld zu sammeln und es nach London zu verfrachten. Alles ganz lobenswert, aber es war ein völlig gleichwertiges, vom Bürgermeister gestartetes Unternehmen der Stadt im Gange. Das war aber nicht gut genug für Dorothy: Die Schule mußte ihren eigenen Aufruf machen; man kann seine Wohltätigkeit nicht vermischen. Ich glaube, dahinter stand hauptsächlich Felix. Wie dem auch sei, nachdem die Sache einige Monate im Gange gewesen war, schrieb das Flüchtlingszentrum offenbar an Dorothy und fragte, ob jemand bereit sei, ein Flüchtlingspaar bei sich aufzunehmen. Anstatt den Brief bekanntzumachen, schrieb Dorothy umgehend zurück, daß sie selbst es aufnehmen würde. So weit, so gut. Das Paar erschien, Dorothy und Felix wiesen mit stolzem Finger auf sie, und die Lokalpresse berichtete ausführlich über dieses Beispiel britischer Humanität.

Eines Nachmittags, sechs Wochen später, erschienen die beiden auf Stellas Schwelle. Die Rodes und die D'Arcys sind Nachbarn, wissen Sie, und Stella hatte jedenfalls versucht, sich für Dorothys Flüchtlinge zu interessieren. Die Frau vergoß Tränenfluten, und der Mann schrie Zeter und Mordio, aber das beängstigte Stella nicht. Sie holte sie direkt ins Wohnzimmer und gab ihnen Tee. Schließlich bekamen sie es fertig, in Basic English zu erklären, daß sie von den D'Arcys wegen der Behandlung, die sie erfuhren, weggelaufen seien. Von der Frau wurde erwartet, daß sie von morgens bis nachts in der Küche arbeitete, und der Mann wurde als unbezahlter Stallbursche für die biestigen Spaniels verwendet, die Dorothy züchtete. Die ohne Nasen.«

»King Charles«, soufflierte Ann.

»Es war ungefähr so schlimm, wie es nur sein konnte. Die Frau war schwanger, und er war ein voll ausgebildeter Mechaniker, so daß beide für Hausarbeit nicht gerade geeignet waren. Sie sagten Stella, daß Dorothy bis zum Abend fort sei – sie war zu einer Hundeschau gegangen. Stella riet ihnen, zunächst einmal bei ihr zu bleiben, und ging am Abend zu Dorothy hinüber und sagte ihr, was geschehen war. Sie hatte ziemlichen Mut, nicht wahr? Aber eigentlich war es nicht Mut. Sie tat das Natürliche.

Dorothy D'Arcy war sehr wütend und verlangte, Stella solle ›ihre Flüchtlinge‹ sofort zurückgeben. Stella antwortete, sie sei sicher, daß sie nicht kommen würden, und ging wieder nach Hause. Zu Hause rief sie die Flüchtlingsstelle in London an und fragte um Rat. Man schickte eine Frau zu Dorothy und dem Paar, mit dem Ergebnis, daß sie am nächsten Tag nach London zurückkehrten ... Sie können sich vorstellen, was Shane Hecht aus dieser Geschichte gemacht hätte.«

»Kam sie nie darauf?«

»Stella erzählte niemandem außer uns davon, und wir gaben es nicht weiter. Dorothy ließ nur verlauten, daß die Flüchtlinge in London irgendeine Arbeit gefunden hätten, und damit hatte es sich.«

»Wie lange ist es her, daß das passierte?«

»Sie reisten vor genau drei Wochen ab«, sagte Ann zu ihrem Mann. »Stella sagte es mir, als sie an dem Abend, an dem du wegen deiner Vorsprache in Oxford warst, zum Abendessen kam. Das war heute vor drei Wochen.«

Sie wandte sich an Smiley: »Der arme Simon machte eine gräßliche Zeit durch. Felix D'Arcy hatte Rodes sämtliche Prüfungskorrekturen auf ihn abgeladen. Es ist schon schlimm genug, die Korrekturen für eine Person zu machen – für zwei ist es wahnsinnig.«

»Ja«, antwortete Simon nachdenklich. »Es war eine schlimme Woche. Und ziemlich demütigend in gewisser Weise. Einige der Jungen, die in Naturwissenschaft bei mir waren, sind nun in Rodes Klassen. Ich betrachte ein oder zwei von ihnen als praktisch unbelehrbar, aber Rode scheint sie großartig vorangebracht zu haben. Ich gab einem der Schüler – Perkins – einundsechzig Prozent auf seine Arbeit in elementarer Naturwissenschaft. Im letzten Semester bekam er fünfzehn Prozent in einer viel leichteren Arbeit. Er wurde nur in die nächste Klasse versetzt, weil Fielding die Hölle losließ. Er war in Fieldings Haus.«

»Oh, ich weiß – ein rothaariger Junge, ein Präfekt.«

»Großer Gott!« rief Simon. »Sie wollen doch nicht sagen, daß Sie ihn kennen?«

»Oh, Fielding machte uns bekannt«, sagte Smiley ausweichend. »Übrigens – sonst hat niemand diesen Zwischenfall mit Miss D'Arcys Flüchtlingen Ihnen gegenüber erwähnt? Hat ihn sozusagen bestätigt?«

Ann Snow sah ihn seltsam an. »Nein. Stella erzählte uns davon, aber Dorothy D'Arcy sprach natürlich überhaupt nie davon. Sie muß Stella jedoch *gehaßt* haben.«

Er brachte sie zu ihrem Wagen und wartete trotz ihrer Proteste, während Simon ihn anließ. Endlich fuhren sie ab, das Auto heulte die stille Straße hinunter. Smiley stand noch einen Augenblick auf dem Gehsteig, eine seltsame, einsame Gestalt, und blickte die leere Straße hinab.

11

Einen Mantel, um sie zu wärmen

Ein Hund, der den Postboten nicht gebissen hatte; ein Teufel, der auf dem Wind dahinfuhr; eine Frau, die wußte, daß sie sterben würde; ein besorgter kleiner Mann im Mantel, der vor seinem Hotel im Schnee stand, und vom Turm der Abtei das mühsame Glockenschlagen, das ihm zu Bett zu gehen befahl.

Smiley zögerte, überquerte dann mit einem Achselzucken die Straße zum Hoteleingang, stieg die Stufen hinauf und trat in das dürftige gelbe Licht der Halle. Langsam ging er die Treppe nach oben.

Er verabscheute das »Sawley Arms«. Das gedämpfte Licht in der Halle war typisch: unwirksam, antiquiert und selbstgefällig. Wie die Kellner im Speisesaal und die gedämpften Stimmen im Salon, wie sein eigenes scheußliches Zimmer mit den blauen und vergoldeten Urnen und dem gerahmten Wandteppich, dem Bild eines Gartens in Buckinghamshire.

Sein Zimmer war bitterkalt; das Mädchen mußte das Fenster geöffnet haben. Er steckte einen Shilling in den Zähler und stellte das Gas an. Das Feuer blubberte mißmutig und ging aus. Murrend sah Smiley sich nach Schreibpapier um und fand, sehr zu seiner Überraschung, etwas in der Schublade des Schreibtisches. Er zog seinen Pyjama und seinen Schlafrock an und kroch ins Bett. Nachdem er da ungemütlich einige Minuten gesessen hatte, stand er wieder auf, holte seinen Mantel und breitete ihn über die Daunendecke. Ein Mantel, um sie zu wärmen …

Wie hieß es in ihrer Aussage? »Eine gibt's, die wird's mir danken, das ist mein Liebling, und ich nahm ihren Schmuck, für die Heiligen tat ich's, und einen Mantel, um mich zu wärmen …« Der Mantel war Stella am letzten Mittwoch für die Flüchtlinge gegeben worden. Nach der Art ihrer Aussage schien die Annahme vernünftig, daß Janie den Mantel zur selben Zeit aus dem Schuppen genommen hatte wie die Perlen von Stellas Leiche. Aber Dorothy D'Arcy war am Freitagmorgen dort gewesen – natürlich, mit Mr. Cardew –, sie hatte an eben diesem Abend auf ihrer Party darüber gesprochen: »Da war nichts am falschen Platz – jedes Stück Kleidung, das sie hatte, war verpackt und adressiert – eine verdammt gute kleine Arbeiterin, muß ich sagen …« Warum hatte dann Stella den Mantel nicht verpackt? Wenn sie alles andere verpackt hatte, warum nicht auch den Mantel?

Oder hatte Janie den Mantel früher am Tage gestohlen, noch ehe Stella ihr Paket machte? Wenn es so war, dann bedeutete es eine gewisse Entlastung für Janie. Aber so war es nicht. Es war nicht so, weil es völlig unwahrscheinlich war, daß Janie am Nachmittag einen Mantel stehlen und am selben Abend zum Haus zurückkehren würde.

»Beginn doch beim Anfang«, murmelte Smiley etwas lehrhaft zu dem wappengeschmückten Papier auf seinem Schoß. »Janie stahl den Mantel zu derselben Zeit, als sie die Perlen stahl –, das heißt, nachdem Stella tot war. Folglich war der Mantel entweder nicht mit den anderen Kleidungsstücken verpackt worden oder …«

Oder was? Oder *jemand anderer,* jemand, der nicht Stella Rode war, verpackte die Kleidungsstücke, nachdem Stella Rode gestorben und ehe Dorothy D'Arcy und Mr. Cardew am Freitagmorgen nach North Fields gekommen waren. Und warum, zum Teufel, dachte Smiley, sollte jemand das tun?

Es war eines von Smileys Grundprinzipien bei Nachforschungen gewesen, ob er sich mit den Inkunabeln eines obskuren Dichters oder den mühsam gesammelten Bruchstücken der Spionage befaßte, nicht weiter zu gehen, als das Beweismaterial reichte. Hatte man einmal eine Tatsache logisch festgestellt, dann durfte man ihr nicht mehr Bedeutung beimessen, als ihr zukam. Dementsprechend spekulierte er nicht weiter über die bemerkenswerte Entdeckung, die er gemacht hatte, sondern wandte sich der am schwersten zugänglichen Seite des Ganzen zu: dem Motiv für den Mord.

Er begann zu schreiben:

Dorothy D'Arcy – Groll nach Flüchtlingsfiasko. Als Motiv für Mord – entschieden zu schwach. Und doch, warum schien sie solchen Wert darauf zu legen, Stellas Lob zu singen?

Felix D'Arcy – lehnte Stella ab, weil sie die Maßstäbe von Carne nicht beachtete. Als Motiv für Mord – lächerlich.

Shane Hecht – Haß.

Terence Fielding – in einer geistig normalen Welt, kein denkbares Motiv.

Aber war es eine geistig normale Welt? Jahraus, jahrein mußten sie das gleiche Leben teilen, den gleichen Leuten das gleiche sagen, die gleichen Hymnen singen. Sie hatten kein Geld, keine Hoffnung. Die Welt veränderte sich, die Mode; die Frauen sahen es aus zweiter Hand in den Magazinen; verkürzten ihre Kleider, steckten die Haare auf und haßten ihre Männer noch etwas mehr. Shane Hecht – tötete sie Stella Rode? Verbarg sie in der sterilen Allwissenheit ihres gewaltigen Körpers nicht nur Haß und Eifersucht, sondern auch den Mut zu töten? Hatte sie Angst für ihren dummen Mann, Angst vor Rodes Beförderung, vor seiner Klugheit? War sie wirklich so zornig, als Stella es ablehnte, sich an dem gemeinen Wettkampf um Vornehmheit zu beteiligen?

Rigby hatte recht – das zu wissen, war unmöglich. Man mußte krank, mußte bettlägerig sein, um das zu verstehen, man mußte dort im Sanatorium sein, nicht wochen-, sondern jahrelang, mußte eines in der Reihe der weißen Betten sein, um den Geruch ihres Essens und die Gier in ihren Augen zu kennen. Man mußte es hören und sehen, ein Teil davon sein, um ihre Spielregeln zu kennen und ihre Übertretungen dieser Regeln zu begreifen. Diese Welt war in eine Form anomaler Konventionen zusammengepreßt: blind, pharisäerhaft, aber real.

Und doch zeichnete sich einiges deutlich genug ab; die seltsame Bindung, die Felix D'Arcy und Terence Fielding trotz ihrer gegenseitigen Abneigung aneinanderkettete; D'Arcys Widerstreben, über die Mordnacht zu sprechen; daß Fielding offenkundig Stella Rode ihrem Mann gegenüber vorzog; Shane Hechts Geringschätzung aller.

Er konnte Shane nicht aus seinen Gedanken verdrängen. Wäre Carne ein rationaler Ort gewesen und jemand mußte dort sterben, dann hätte es eigentlich Shane Hecht sein müssen. Sie speicherte die Geheimnisse anderer Leute, sie hatte einen untrüglichen Sinn für ihre Schwächen. Hatte sie nicht sogar Smiley ertappt? Sie hatte ihn mit seiner unglücklichen Heirat verspottet, sie hatte zu ihrem eigenen Vergnügen mit ihm gespielt. Ja, sie war als mögliches Opfer eines Mordes großartig geeignet.

Aber warum, in aller Welt, mußte Stella Rode sterben? Warum und wie? Wer verschnürte das Paket nach ihrem Tode? Und warum?

Er versuchte zu schlafen, aber er konnte es nicht. Als die Abteiglocke drei schlug, machte er schließlich wieder Licht und setzte sich auf. Das Zimmer war viel wärmer, und zuerst dachte Smiley, ob wohl jemand mitten in der Nacht die Zentralheizung angestellt hatte, nachdem sie den ganzen Tag nicht in Betrieb gewesen war. Dann nahm er das Rauschen des Regens wahr; er ging zum Fenster und zog die Vorhänge zurück. Ein stetiger Regen fiel; bis morgen würde der Schnee fortgewaschen sein. Zwei Polizisten gingen langsam die Straße hinunter; er konnte das Platschen ihrer Stiefel hören, als sie in den schmelzenden Schnee traten. Ihre nassen Umhänge schimmerten im Lichtkegel der Straßenlampe.

Und plötzlich schien er Rigbys Stimme zu hören: »Überall Blut. Wer sie auch getötet hat, muß davon bedeckt gewesen sein.« Und dann die Verrückte Janie, die ihm über den monderhellten Schnee zurief: »Janie hat ihn gesehen ... Silberflügel wie Fische ... fliegend auf dem Wind ... nicht viele haben den Teufel fliegen sehen ...« Natürlich, das Paket! Er blieb lange am Fenster und starrte in den Regen hinaus. Schließlich stieg er, nun doch zufrieden, ins Bett zurück und schlief ein.

Er versuchte den ganzen Morgen, Miss Brimley anzurufen. Jedesmal war sie ausgegangen und hatte keine Nachricht hinterlassen. Gegen Mittag erreichte er sie endlich.

»George, es tut mir furchtbar leid – irgendein Missionar ist in London – ich mußte wegen eines Interviews hingehen und habe diesen Nachmittag eine Baptistenkonferenz. Beides muß in dieser Woche sein! Genügt es morgen, als erstes?«

»Ja«, sagte Smiley. »Sicher.« Es gab keine besondere Eile. Da waren sowieso ein oder zwei offene Fragen, die er an diesem Nachmittag erledigen wollte.

12

Ungemütliche Worte

Die Autobusfahrt amüsierte ihn. Der Fahrer war ein sehr griesgrämiger Mann, der über die Busgesellschaft und die Ursachen ihres Defizits allerhand zu sagen hatte. Von Smiley sanft ermutigt, taute er immer mehr auf, so daß er bei ihrer Ankunft in Sturminster die Direktoren der Allgemeinen Verkehrsgesellschaft von Dorsetshire in eine Herde von Schweinen der Gadarener verwandelt hatte, die dem Abgrund freiwilligen Bankrotts zustürmten. Der Chauffeur wies Smiley den Weg zum Zwinger von Sturminster, und als er in dem winzigen Dorf ausstieg, machte er sich zuversichtlich zu einer Gruppe von Katen auf den Weg, die etwa vierhundert Meter hinter der Kirche an der Okeford-Straße standen.

Er hatte das unangenehme Gefühl, daß er Mr. Harriman nicht sympathisch finden werde. Allein die Tatsache, daß D'Arcy ihn als einen überragenden Könner bezeichnet hatte, nahm Smiley gegen ihn ein. Smiley war nicht gegen gesellschaftliche Unterschiede, aber er machte sie gern selbst.

Am Eingang stand ein Schild: »Sturminster-Zwinger, Inhaber C. J. Reid-Harriman, Dipl.-Veterinär, Züchter von Schäfer- und Labradorhunden. Pension.«

Ein schmaler Weg führte zu so etwas wie einem Hinterhof. Überall hing Wäsche, Hemden, Unterzeug, das meiste in Khaki. Es roch kräftig nach Hunden. Smiley sah einen verrosteten Pumpbrunnen, etwa ein Dutzend Hundeleinen darüber drapiert, und ein kleines Mädchen. Sie beobachtete ihn traurig, während er sich durch den dicken Schmutz einen Weg zur Tür suchte. Er zog die Klingelschnur und wartete, versuchte es nochmals, bis das Kind sagte: »Geht nicht. Ist kaputt. Ist seit Jahren kaputt.«

»Ist irgend jemand zu Hause?« fragte Smiley.

»Ich seh' mal nach«, erwiderte es kühl, bog nach einem weiteren langen Blick auf ihn um die Ecke und verschwand. Dann hörte Smiley aus dem Inneren des Hauses ein Geräusch; es näherte sich jemand, und einen Augenblick später öffnete sich die Tür.

»Schönen guten Tag.« Der Mann hatte sandfarbenes Haar und einen Schnurrbart. Er trug ein Khakihemd und einen Khakischlips von hellerem Ton, alte Militärhosen und eine Tweedjacke mit Lederknöpfen.

»Mr. Harriman?«

»Major«, entgegnete er leichthin. »Aber spielt keine Rolle, alter Junge. Was können wir für Sie tun?«

»Ich möchte einen Schäferhund kaufen«, antwortete Smiley, »als Wachhund.«

»Sicher. Kommen Sie bitte herein. Die Gnädige ist aus. Ignorieren Sie das Kind; ist von nebenan. Lungert nur hier herum; hat die Hunde gern.«

Smiley folgte Harriman ins Wohnzimmer, und sie setzten sich. Es brannte kein Feuer.

»Woher kommen Sie?« fragte Harriman.

»Ich halte mich zur Zeit in Carne auf, mein Vater lebt drüben in Dorchester. Er wird älter und ist nervös, er möchte, daß ich einen guten Hund für ihn finde. Es ist ein Gärtner da, der sich tagsüber um ihn kümmern, ihn füttern, ausführen würde und so weiter. Der Gärtner ist nachts natürlich nicht da, und gerade nachts wird der alte Herr so ängstlich. Ich habe schon seit einiger Zeit vor, ihm einen Hund zu kaufen, und diese Geschichte in Carne kürzlich hat mich wieder darauf gebracht.«

Harriman überhörte den Wink. »Der Gärtner ist ein zuverlässiger Kerl?«

»Ja, sehr.«

»Sie brauchen nichts Blendendes«, sagte Harriman. »Sie brauchen einen guten, verläßlichen Typ. Ich würde eine Hündin nehmen, wenn ich Sie wäre.« Seine Hände waren dunkelbraun, auch die Gelenke. Das Taschentuch hatte er in die Manschette gesteckt. Smiley bemerkte, daß seine Armbanduhr, entsprechend den obskuren Riten der militärischen Demimonde, der er zu entstammen schien, nach innen zeigte.

»Was wird sie tun, eine solche Hündin? Wird sie angreifen, oder was?«

»Hängt davon ab, wie sie abgerichtet ist, alter Junge; hängt davon ab, wie sie abgerichtet ist. Doch sie wird warnen; das ist ja die Hauptsache. Wird die Burschen verscheuchen. Bringen Sie ein Schild an ›Bissiger Hund‹, lassen Sie sie die Lieferanten ein bißchen beschnüffeln, und es wird sich schon herumsprechen. Sie werden im Umkreis von einem Kilometer keinen Einbrecher finden.«

Sie gingen wieder in den Garten hinaus, und Harriman führte zu einem Gehege mit einem halben Dutzend junger Schäferhunde, die durch den Draht wütend nach ihnen jappten.

»Gute kleine Biester, allesamt!« rief er. »Mutig wie der Teufel.« Er schloß die Tür auf und kam endlich mit einem plumpen Hundebaby heraus, das wild an seiner Jacke kaute.

»Diese kleine Dame wäre vielleicht die richtige«, sagte er. »Wir können sie nicht auf Ausstellungen zeigen, sie ist zu dunkel.«

Smiley tat so, als zögere er, ließ sich von Harriman überreden und stimmte schließlich zu. Sie kehrten ins Haus zurück.

»Ich möchte gern eine Anzahlung geben«, sagte Smiley, »und sie in etwa zehn Tagen abholen. Wäre das in Ordnung?« Er gab Harriman einen Scheck über fünf Pfund, und sie setzten sich wieder; Harriman stöberte in seinem Schreibtisch nach Impfscheinen und Stammbäumen.

Dann sagte Smiley: »Ist es nicht schade, daß Mrs. Rode keinen Hund hatte? Ich meine, er hätte ihr vielleicht das Leben gerettet.«

»Oh, sie *hatte* einen Hund, aber sie ließ ihn töten, unmittelbar bevor sie ermordet wurde. Verdammt merkwürdige Sache, unter uns gesagt. Sie hing an dem Tier. Merkwürdiger kleiner Köter, eine richtige Mischung, aber sie liebte ihn. Brachte ihn eines Tages hierher, mit einer Geschichte, daß er den Postboten gebissen hatte, ließ ihn durch mich töten – sagte, er sei gefährlich. Das stimmte gar nicht. Freunde von mir in Carne erkundigten sich. Nirgends Klagen. Postbote mochte das Vieh. Verdammt dumme Lüge für eine so kleine Gemeinde. Das mußte doch herauskommen.«

»Warum in aller Welt erzählte sie sie dann?«

Harriman machte eine Geste, die Smiley besonders irritierte. Er strich sich mit dem Zeigefinger der Länge nach über die Nase und zwirbelte dann sehr rasch jedes Ende seines absurden Schnurrbartes. Die ganze Bewegung hatte etwas Verschämtes, als maße er sich die Eigenheiten von Stabsoffizieren an und fürchte sich zugleich vor einer Zurechtweisung.

»Sie war schwierig«, sagte er. »Ich kann so was sofort sehen. Ich hatte ein paar im Regiment, Ehefrauen, die Ärger machen. Kleine weinerliche Typen. Sehen aus, als könnten sie nicht bis drei zählen, tugendhafter als irgendwer. Arrangieren die Blumen in der Kirche und so weiter – so gottesfürchtig wie nur möglich. Ich würde sagen, sie war von der hysterischen Sorte, theatralisch; die tagelang überall im Haus herumweinen. Alles für ein bißchen Drama.«

»War sie beliebt?« Smiley bot ihm eine Zigarette an.

»Glaube nicht. Danke. Sie trug sonntags Schwarz, höre ich. Typisch. Draußen im Osten pflegten wir sie ›Krähen‹ zu nennen, die, die Schwarz trugen – Sonntags-Jungfrauen. Sie waren meistens A. K. – andere Konfessionen, nicht Staatskirche – einige waren Katholiken ... Ich hoffe, daß ich Sie nicht ...«

»Durchaus nicht.«

»Kann man nie wissen, wie? Ich kann sie selbst nicht ausstehen; kein Vorurteil, aber ich mag Katholiken nicht – das sagte schon mein alter Vater.«

»Kannten Sie ihren Mann?«

»Nicht so gut, den armen Teufel, nicht so gut.«

Harriman schien, so überlegte Smiley, weit mehr Sympathie für die Lebenden als für die Toten zu haben. Vielleicht waren Soldaten so. Er wußte es nicht.

»Er ist schrecklich zusammengebrochen, höre ich. Furchtbarer Schock – Laune des Schicksals, wie?« fügte er hinzu, und Smiley nickte. »Er ist der andere Typ. Einfache Herkunft, gute Offizierseigenschaften, macht dem Kasino Ehre. Das sind die, die am schwersten getroffen werden, die, die sich die Frauen aufs Korn nehmen.«

Sie gingen zum Gartentor. Smiley verabschiedete sich und versprach, in etwa einer Woche wiederzukommen, um den kleinen Hund zu holen.

Als er davonging, rief ihm Harriman nach: »Oh, übrigens ...«

Smiley blieb stehen und drehte sich um.

»Ich werde diesen Scheck einlösen, wie, und Ihnen den Betrag gutschreiben?«

»Natürlich«, sagte Smiley. »Das ist ganz in Ordnung.« Er ging zur Bushaltestelle und dachte über die seltsamen Nebenwege des militärischen Denkens nach.

Derselbe Bus brachte ihn nach Carne zurück, derselbe Fahrer schimpfte auf seine Arbeitgeber, derselbe Fahrer fuhr die ganze Strecke im zweiten Gang. Smiley stieg am Bahnhof aus und ging zum roten Backstein-Bethaus. Leise die gotische Tür öffnend, die aus dick gelacktem, ockergelbem Kiefernholz bestand, trat er ein. Eine ältere Frau mit einer Schürze putzte den schweren Messingleuchter, der über dem Mittelschiff hing. Er wartete einen Augenblick, ging auf den Zehenspitzen zu ihr und fragte nach dem Prediger. Sie wies auf die Sakristeitür. Ihrer mimischen Anweisung folgend, ging er hinüber, klopfte und wartete. Ein großer Mann mit einem Kollar öffnete die Tür.

»Ich bin von der ›Christlichen Stimme‹«, sagte Smiley ruhig. »Kann ich Sie sprechen?«

Mr. Cardew führte ihn durch den Seiteneingang in einen kleinen Gemüsegarten, der sorgfältig bestellt war; hellgelbe Wege liefen zwischen den leeren Beeten. Die Sonne erfüllte die frische Luft mit ihren Strahlen.

Es war ein kalter, schöner Tag. Sie durchquerten den Garten und traten in eine Umzäunung. Trotz des Regens der letzten Nacht war der Boden hart und das Gras kurz. Sie gingen Seite an Seite und sprachen im Gehen.

»Dies ist Pfründe, es gehört der Schule. Wir veranstalten hier im Sommer unsere Gartenfeste. Sehr praktisch.«

Cardew schien mit seinem Stand nicht ganz in Einklang zu stehen. Smiley, der ein kindliches Mißtrauen gegen Geistliche hegte, hatte einen wesleyanischen Grobian, einen weitschweifigen, abweisenden Mann mit einem Hang zur Bildersprache erwartet.

»Miss Brimley, unsere Redakteurin, hat mich geschickt«, begann Smiley. »Mrs. Rode bezog unsere Zeitschrift; ihre Familie hat sie seit Beginn abonniert. Sie war fast ein Teil der Familie. Wir wollen einen Nachruf über ihre Arbeit für die Kirche schreiben.«

»Ach ja.«

»Es gelang mir, mit ihrem Mann zu sprechen; wir wollten den richtigen Ton treffen.«

»Was hat er gesagt?«

»Er sagte, ich solle mit Ihnen über ihre Arbeit sprechen – besonders ihre Arbeit für die Flüchtlinge.«

Schweigend gingen sie eine Weile weiter, dann meinte Cardew: »Sie kam aus dem Norden, nahe bei Derby. Ihr Vater war ein vermögender Mann im Norden, aber das Geld veränderte ihn nie.«

»Ich weiß.«

»Ich kenne die Familie seit Jahren, bin ihr immer wieder begegnet. Ihren alten Vater traf ich vor dem Begräbnis.«

»Was darf ich über ihre Arbeit für die Kirche, ihren

Einfluß auf die hiesige Chapel-Gemeinde sagen? Darf ich sagen, daß sie allgemein geliebt wurde?«

»Verzeihen Sie«, sagte Cardew nach einer kurzen Pause, »aber ich halte von einer solchen Schreibweise nicht viel, Mr. Smiley. Menschen werden nie von allen geliebt, selbst wenn sie tot sind.« Sein nordenglischer Akzent war sehr stark.

»Was darf ich also sagen?« beharrte Smiley.

»Ich weiß es nicht«, erwiderte Cardew gelassen. »Und wenn ich etwas nicht weiß, schweige ich gewöhnlich. Aber da Sie so liebenswürdig sind, mich zu fragen: Ich bin noch nie einem Engel begegnet, und Stella Rode war keine Ausnahme.«

»Aber spielte sie nicht eine führende Rolle in der Flüchtlingsarbeit?«

»Ja. Ja, das tat sie.«

»Und ermutigte sie nicht andere, ähnliche Anstrengungen zu machen?«

»Natürlich. Sie war eine gute Arbeiterin.«

Schweigend gingen sie weiter. Der Weg über das Feld führte abwärts, machte eine Biegung und folgte einem Bach, der von dem verfilzten Stachelginster und Weißdorn auf beiden Ufern fast verborgen war. Jenseits war eine Reihe kahler Ulmen und dahinter die vertraute Silhouette von Carne.

»Ist das alles, was Sie mich fragen wollten?« sagte Cardew plötzlich.

»Nein«, erwiderte Smiley. »Unsere Redakteurin war sehr beunruhigt über einen Brief, den sie von Mrs. Rode kurz vor ihrem Tode bekam. Es war eine Art ... Anklage. Wir haben die Sache der Polizei übergeben. Miss Brimley machte sich irgendwie Vorwürfe, daß sie nicht imstande war, ihr zu helfen. Das ist vielleicht unlogisch, aber so ist es nun einmal. Ich möchte ihr gern versichern können, daß zwischen Stella Rodes Tod und diesem Brief kein Zusammenhang bestand. Das ist ein weiterer Grund meines Besuches ...«

»Wen klagt der Brief an?«

»Ihren Gatten.«

»Ich würde Ihrer Miss Brimley mitteilen«, sagte Cardew langsam und mit einiger Betonung, »daß sie sich nicht den geringsten Vorwurf zu machen braucht.«

13

Die Heimfahrt

Es war Montagabend. Ungefähr zu der Zeit, als Smiley nach seiner Unterhaltung mit Mr. Cardew in sein Hotel zurückkehrte, verabschiedete sich Tim Perkins, der Präfekt von Fieldings Haus, von Mrs. Harlowe, die ihm Cellounterricht erteilte. Sie war eine freundliche Frau, wenn auch neurotisch, und es betrübte sie, ihn so bedrückt zu sehen. Er war der beste Schüler, den Carne ihr je geschickt hatte, und sie mochte ihn.

»Du hast heute miserabel gespielt, Tim«, sagte sie, als sie ihm an der Tür auf Wiedersehen sagte. »Ganz miserabel. Du brauchst es mir nicht zu sagen – du hast nur noch ein Semester und hast noch immer nicht die drei Vorprüfungen fürs Abitur bestanden, du mußt deine Versetzung kriegen und bist ganz durcheinander. Wir werden nächsten Montag nicht üben, wenn du nicht willst – komm nur und iß Kuchen, und wir spielen ein paar Platten.«

»Ja, Mrs. Harlowe.« Er schnallte seine Notenmappe auf den Gepäckträger seines Fahrrades.

»Lampen in Ordnung, Tim?«

»Ja, Mrs. Harlowe.«

»Also, versuche nicht, heute abend den Rekord zu schlagen, Tim. Du hast genug Zeit bis zum Tee. Denk daran, daß die Straße vom Schnee ganz glitschig ist.«

Perkins sagte nichts. Er schob sein Fahrrad auf den Kiesweg und setzte sich zum Tor hin in Bewegung.

»Hast du auch nichts vergessen, Tim?«

»Entschuldigen Sie, Mrs. Harlowe.«

Er drehte sich um und reichte ihr im Türeingang die Hand. Sie bestand immer darauf.

»Hör mal, Tim, was ist denn los? Hast du eine Dummheit gemacht? Mir kannst du's doch sagen, nicht? Ich gehöre nicht zur Lehrerschaft, das weißt du.«

Perkins zögerte und sagte dann: »Es sind nur die Prüfungen, Mrs. Harlowe.«

»Geht's deinen Eltern gut? Kein Kummer zu Hause?«

»Nein, Mrs. Harlowe; es geht ihnen sehr gut.« Wieder zögerte er, dann: »Gute Nacht, Mrs. Harlowe.«

»Gute Nacht.«

Sie beobachtete, wie er das Gartentor hinter sich schloß und die lange Straße hinabfuhr. In einer Viertelstunde würde er in Carne sein; es ging praktisch die ganze Strecke bergab.

Gewöhnlich liebte er die Rückfahrt. Sie war der beste Teil der Woche. Aber an diesem Abend achtete er kaum darauf. Er fuhr rasch, wie immer; die Hecke raste gegen den dunklen Himmel, und die wilden Kaninchen flüchteten vor dem Strahl seiner Lampe; aber heute abend bemerkte er sie kaum.

Er würde es jemand sagen müssen. Er hätte es Mrs. Harlowe sagen sollen; hätte er das nur getan! Sie würde wissen, was er tun sollte. Bei Mr. Snow wäre es auch gegangen, aber der war in Naturwissenschaft ja nicht mehr sein Lehrer, sondern Rode. Das war der halbe Kummer. Das und Fielding.

Er konnte es True sagen – ja, der würde er es sagen. Er

würde heute nach der Abendkrankenvisite zu Miss Truebody gehen und ihr die Wahrheit sagen. Sein Vater würde es natürlich nie verwinden, weil es Versagen bedeutete und vielleicht Schande. Es bedeutete, daß er am Ende des nächsten Semesters nicht nach Sandhurst auf die Militärakademie kommen würde, es bedeutete noch mehr Ausgaben, für die sie nicht das Geld aufbringen konnten ...

Jetzt näherte er sich dem steilsten Teil der abfallenden Straße. Die Hecke hörte an einer Seite auf und gab einen wunderbaren Blick auf Schloß Sawley gegen den Abendhimmel frei; es war wie ein Prospekt für »Macbeth«. Er liebte das Theaterspielen, hätte gewünscht, der Direktor ließe sie in Carne Theater spielen.

Er beugte sich über die Lenkstange nach vorn und ließ das Rad schneller laufen, um die seichte Furt am unteren Ende des Hügels zu durchfahren. Die kalte Luft schnitt ihm ins Gesicht, und einen Augenblick vergaß er beinahe ... Plötzlich bremste er; fühlte das Rad wild unter sich weggleiten.

Irgend etwas stimmte nicht; voraus war ein Licht, ein blitzendes Licht, und eine vertraute Stimme rief ihm durch die Dunkelheit eindringlich zu.

14

Die Art der Gnade

Das Internatsschulen-Komitee für Flüchtlingshilfe (Patronin: Sarah, Gräfin von Sawley) hat ein Büro am Belgrave Square. Es ist durchaus nicht klar, ob diese luxuriöse Lage dazu bestimmt ist, die Reichen zu verlocken oder die Enterbten zu ermutigen – oder, wie einige respektlose Stimmen in der Gesellschaft wisperten – die Gräfin von Sawley mit einem billigen *pied-à-terre* im Londoner Westend zu versehen. Die Aufgabe der Flüchtlingshilfe ist geziemenderweise auf das Südufer der Themse verbannt worden, auf einen der ungepflegten Plätze von Kennington, die ein Teil der architektonischen Schizophrenie von London sind. York Gardens, wie der Platz heißt, wird eines Tages von der Welt entdeckt werden und seinen Charme verlieren, aber suchen Sie ihn jetzt auf, und Sie können dort richtige Kinder auf der Straße Himmel und Hölle spielen sehen und ihre Mütter, die mit Pantoffeln in der Haustür stehen, mit ihnen schimpfen hören.

Miss Brimley, durch Smileys Telefonanruf vom Vortag auf ihren Weg geschickt, hatte die ungewöhnliche Gabe, mit Kindern zu sprechen, als seien sie menschliche Wesen, und entdeckte so ohne Schwierigkeiten das verfallene Haus ohne Namen, das dem Komitee als Sammelzentrale diente. Mit der Assistenz von sieben kleinen

Jungen zog sie die Klingel und wartete geduldig. Endlich hörte sie klappernde Schritte eine läuferlose Treppe herunterkommen, und die Tür wurde von einem sehr schönen Mädchen geöffnet. Sie sahen einander einen Moment mit Wohlwollen an.

»Entschuldigen Sie die Störung«, begann Miss Brimley, »aber eine Freundin von mir auf dem Lande hat mich gebeten, Erkundigungen über ein Kleiderpaket einzuziehen, das vor ein oder zwei Tagen hierher geschickt wurde. Sie hat einen ziemlich dummen Fehler gemacht.«

»Du meine Güte, wie schrecklich«, sagte das Mädchen freundlich. »Möchten Sie nicht hereinkommen? Alles ist schrecklich chaotisch, fürchte ich, und es gibt hier keine Sitzgelegenheit, aber wir können Ihnen Instant-Kaffee in einem Becher anbieten.«

Miss Brimley folgte ihr in das Haus und schloß die Tür fest vor den sieben Kindern, die in ihrem Kielwasser sanft nach vorne drängten. Sie war in der Halle. Wo sie auch hinsah, lagen Pakete jeder Art, einige in Jute mit schicken Anhängern verpackt, einige in zerrissenem und unordentlichem Packpapier, einige in Lattenkisten und Wäschekörben, alten Handkoffern und sogar in einem antiquierten Kabinenkoffer mit einem vergilbten Zettel, auf dem zu lesen stand: »Wird auf der Überfahrt nicht benötigt.«

Das Mädchen führte sie nach oben in einen Raum, der offenbar das Büro war, ein großes Zimmer, das einen mit Briefen übersäten Holztisch und einen Küchenstuhl enthielt. Ein Ölofen blubberte in einer Ecke, und ein elektrischer Kessel dampfte auf melancholische Weise daneben. »Entschuldigen Sie«, sagte das Mädchen, als sie das Zimmer betraten, »aber unten ist einfach kein

Platz zum Sprechen. Ich meine, man kann ja nicht auf einem Bein reden wie die Inkas. Oder sind's nicht die Inkas? Vielleicht sind's die Afghanen. Wie haben Sie uns nur gefunden?«

»Ich bin zuerst in Ihr Westend-Büro gegangen«, antwortete Miss Brimley, »und dort sagte man mir, ich solle Sie aufsuchen. Ich glaube, sie waren dort ziemlich ungehalten. Danach verließ ich mich auf Kinder. Die wissen immer den Weg. Sie sind Miss Dawney, nicht wahr?«

»Himmel, nein. Ich bin so was wie die Aushilfe. Jill Dawney ist zum Zollamt in Rotherhide gefahren – sie wird zur Teezeit zurück sein, wenn Sie sie sprechen wollen.«

»Meine Liebe, ich bin sicher, daß ich Sie nicht zwei Minuten aufhalten werde. Eine Freundin von mir, die in Carne lebt – («Himmel! Wie großartig», sagte das Mädchen), sie ist tatsächlich eine Art Kusine, aber es ist einfacher, sie eine Freundin zu nennen, nicht wahr –, gab den Flüchtlingsleuten letzten Donnerstag ein altes graues Kleid, und nun ist sie überzeugt, daß sie ihre Brosche am Oberteil angesteckt gelassen hat. Ich bin sicher, daß sie nichts dergleichen getan hat, wissen Sie – sie ist ein schusseliges Geschöpf –, aber sie rief mich gestern früh in einem schrecklichen Zustand an, und ich mußte ihr versprechen, sofort vorbeizukommen und zu fragen. Gestern konnte ich leider nicht kommen – ich bin vom Morgen bis zum Abend an meine Zeitschrift gebunden. Aber ich höre, Sie sind etwas im Rückstand, und so ist's wohl nicht zu spät?«

»Du liebe Güte, nein. Wir sind gewaltig im Rückstand. Das ganze Zeug da unten wartet darauf, ausgepackt und sortiert zu werden. Es kommt von den freiwilligen Helfern an jeder Schule – manchmal Schülern, manchmal

Lehrern –, und sie tun alle die Kleider zusammen und schicken sie in großen Paketen, entweder per Bahn oder mit gewöhnlicher Post, meist per Bahn. Wir sortieren sie hier, bevor wir sie ins Ausland schicken.«

»Das erfuhr ich von Jane. Sobald sie ihren Irrtum bemerkte, wandte sie sich an die Frau, die das Sammeln und den Versand besorgte, aber es war natürlich zu spät. Das Paket war weg.«

»Wie furchtbar ... Wissen Sie, wann das Paket abgeschickt wurde?«

»Ja. Am Freitag vormittag.«

»Aus Carne? Bahn oder Post?«

Miss Brimley hatte diese Frage gefürchtet, aber sie wagte eine Vermutung: »Post, glaube ich.«

An Miss Brimley vorbeistürzend, stöberte das Mädchen in dem Berg von Papieren auf dem Schreibtisch und zog schließlich ein steifgebundenes Schulheft mit einem Etikett »Hauptbuch« hervor. Sie öffnete es aufs Geratewohl und blätterte rasch die Seiten durch, indem sie hie und da auf eine etwas gehetzte Art eine Fingerspitze leckte.

»Wäre frühestens gestern angekommen«, sagte sie. »Wir werden es sicher noch nicht geöffnet haben. Ehrlich gesagt, ich weiß nicht, wie wir's *je* schaffen sollen, und jetzt knapp vor Ostern wird's nur noch schlimmer werden. Obendrein verfault die Hälfte von unserem Zeug in den Zollschuppen – hallo, da haben wir's!« Sie schob das Hauptbuch zu Miss Brimley hinüber, und ihr schlanker Finger deutete auf eine Bleistifteintragung in der Hauptspalte: »Carne, Postpaket, 27 Pfund.«

»Würde es Sie«, sagte Miss Brimley, »furchtbar stören, wenn wir schnell mal hineinblickten?«

Sie gingen nach unten in die Halle.

»Es ist nicht ganz so greulich, wie's aussieht«, rief das Mädchen über die Schulter. »Das ganze Zeug vom Montag wird der Tür am nächsten liegen.«

»Wie wissen Sie, woher sie kommen, wenn Sie den Poststempel nicht lesen können?« fragte Miss Brimley, als das junge Mädchen unter den Paketen zu wühlen begann.

»Wir verteilen unsere Aufklebeschildchen an die freiwilligen Helfer. Die Schildchen haben eine Herkunftsnummer. In anderen Fällen bitten wir sie einfach, den Namen ihrer Schule in Blockbuchstaben außen anzuschreiben. Sehen Sie, wir können einfach keine Begleitbriefe erlauben, es wäre *zu* schrecklich. Wenn wir ein Paket bekommen, brauchen wir nur eine vorgedruckte Karte abzuschicken und dankend den Empfang eines Pakets von dem und dem Datum, von soundsoviel Gewicht zu bestätigen. Leute, die keine freiwilligen Helfer sind, werden keine Pakete an diese Adresse schicken, wissen Sie – sie schicken sie an die angegebene Adresse am Belgrave Square.«

»Funktioniert das System?«

»Nein«, sagte das Mädchen, »es funktioniert nicht. Die Freiwilligen vergessen entweder, unsere Schildchen zu benutzen, oder diese gehen ihnen aus und sie haben keine Lust, es uns mitzuteilen. Zehn Tage später rufen sie wütend an, weil sie keine Empfangsbestätigung bekommen haben. Auch die Freiwilligen wechseln, ohne es uns mitzuteilen, und die Instruktionen fürs Verpacken und Beschriften werden nicht weitergegeben. Manchmal entschließen sich die Schuljungen, es selbst zu machen, und keiner sagt ihnen, wie sie es anfangen müssen. Lady Sarah wird so wild wie eine Schlange, wenn Pakete im Hauptbüro erscheinen – sie müssen alle zum Neuverpacken und Registrieren hierhergeschafft werden.«

»Ich bin im Bilde.« Miss Brimley sah besorgt zu, wie das Mädchen, immer noch weitersprechend, unter den Paketen stöberte.

»Sagten Sie, daß Ihre Freundin tatsächlich in Carne *unterrichtet?* Sie muß ja ganz großartig sein. Ich möchte wissen, wie der Prinz ist: er sieht auf den Fotos ziemlich weichlich aus. Mein Vetter war Schüler in Carne – er ist eine völlige Niete ... Wissen Sie, was er mir erzählte? Während der Rennwoche von Ascot machten sie folgendes ... Hallo! Da haben wir's!« Das Mädchen stand auf, ein großes viereckiges Paket in den Armen, und trug es zu einem Tisch, der im Schatten des Treppenhauses stand. Miss Brimley, die neben ihr stand, als sie sorgfältig die starken Bindfäden aufzuknüpfen begann, sah neugierig nach dem gedruckten Aufklebeschildchen. In der linken oberen Ecke war das Zeichen gestempelt, welches das Komitee offenbar Carne zugeteilt hatte: C4. Nach der Vier war der Buchstabe B mit einem Kugelschreiber hineingeschrieben worden.

»Was bedeutet das B?«

»Oh, das ist ein örtliches Arrangement in Carne. Miss D'Arcy ist dort die Vertreterin, aber sie haben ja neuerdings so gut gearbeitet, daß sie eine Freundin als Hilfe beim Versand angeworben hat. Wenn wir bestätigen, erwähnen wir immer, ob es A oder B gewesen ist. B muß schrecklich eifrig sein, wer immer sie ist.«

Miss Brimley unterdrückte die Frage, wie viele der Pakete aus Carne bei Miss D'Arcy ihren Ursprung hatten und wie viele bei ihrer anonymen Assistentin.

Das Mädchen entfernte den Bindfaden und stellte das Paket auf den Kopf, um das übereinandergreifende Einwickelpapier freizubekommen. Dabei sah Miss Brimley nahe der Verschlußstelle einen schwachen, braunen verschmierten Fleck ungefähr von der Größe eines Shillings. Es entsprach ihrem angeborenen Rationalismus, daß sie nach jeder Erklärung suchte, nur nicht nach jener, die sich ihr so deutlich anbot. Das Mädchen setzte das Auswickeln fort und sagte plötzlich: »Carne, ist dort nicht der gräßliche Mord passiert – die Lehrersfrau, die von einer Zigeunerin ermordet wurde? Es ist wirklich furchtbar, wie viele solcher Sachen passieren, nicht? Hm! Hab' ich mir schon gedacht«, bemerkte sie, sich plötzlich unterbrechend. Sie hatte das äußere Papier entfernt und war dabei, das Bündel innen auszupacken, als ihre Aufmerksamkeit offensichtlich vom Aussehen des inneren Pakets erregt wurde.

»Was?« fragte Miss Brimley rasch.

Das Mädchen lachte. »Ach, nur die Verpackung«, sagte sie. »Die C4B-Sachen sind in der Regel so ordentlich – so ziemlich das Beste, was wir kriegen. Dies ist ganz anders. Überhaupt nicht dieselbe Person. Muß ein Ersatz sein. Ich habe es mir gleich gedacht.«

»Wie können Sie so sicher sein?«

»Oh, es ist wie eine Handschrift. Wir können es ablesen.« Sie lachte wieder und entfernte ohne weitere Umstände die letzte Umhüllung. »Graues Kleid, sagten Sie, nicht? Wir wollen mal sehen.« Mit beiden Händen begann sie, Kleider oben vom Haufen zu nehmen und nach links und rechts zu legen. Sie war fast zur Hälfte durch, als sie ausrief: »Nein, wirklich! Die müssen ja einen Dachschaden haben!« Dabei zog sie aus dem Bündel getragener Kleider einen durchsichtigen Kunststoffregenmantel, ein Paar sehr alte Lederhandschuhe und ein Paar Gummiüberschuhe.

Miss Brimley hielt sich ganz fest an der Tischkante an. In ihren Handflächen pochte das Blut.

»Hier ist ein Cape, auch noch feucht«, fügte das Mädchen mit Abscheu hinzu und schleuderte die anstößigen Gegenstände neben dem Tisch auf den Boden. Miss Brimley konnte nur an Smileys Brief denken: »Wer sie auch getötet hat, muß mit Blut bedeckt gewesen sein.« Ja, und wer sie getötet hatte, trug ein Kunststoffcape mit einer Kapuze, Gummiüberschuhe und jene alten Lederhandschuhe mit den rostbraunen Flecken. Wer Stella Rode getötet hatte, war nicht aufs Geratewohl in der Nacht auf sie losgegangen, sondern hatte lange im voraus geplant, hatte gewartet. Ja, dachte Miss Brimley, hatte auf die langen Nächte gewartet.

Das Mädchen sprach wieder: »Ich fürchte, es ist wirklich nicht dabei.«

»Nein, meine Liebe«, antwortete Miss Brimley. »Das sehe ich. Danke. Sie waren sehr nett.« Ihre Stimme schwankte einen Moment, dann bekam sie es fertig, zu sagen: »Ich finde, meine Liebe, Sie sollten das Paket genauso lassen, wie es jetzt ist, die Verpackung und alles darin. Etwas Schreckliches ist passiert, und die Polizei wird ... davon wissen und das Paket sehen wollen ... Sie müssen mir vertrauen, meine Liebe – die Dinge sind nicht ganz das, was sie zu sein scheinen ...« Und auf irgendeine Weise entfloh sie in die tröstliche Freiheit von York Gardens und zum großäugigen Wunder seiner Kinder.

Sie ging zu einer Telefonzelle. Sie bekam Verbindung mit dem »Sawley Arms« und fragte einen sehr gelangweilten Empfangschef nach Mr. Smiley. Völlige Stille senkte sich auf die Verbindung, bis das Fernamt sie aufforderte, nochmals drei Shilling und Sixpence einzuwerfen. Miss Brimley antwortete scharf, daß alles, was sie bisher für ihr Geld bekommen habe, ein Dreiminutenvakuum sei; darauf folgte das unmißverständliche Geräusch der an ihren Zähnen lutschenden Telefonistin und dann, ganz plötzlich, kam George Smileys Stimme.

»George, hier ist Brim. Ein Kunststoffregenmantel, ein Cape, Gummiüberschuhe und Lederhandschuhe, die blutbefleckt aussehen. Auch Flecken auf einem Teil der Verpackung allem Anschein nach.«

Eine Pause.

»Etwas Handschriftliches auf der Außenseite des Pakets?«

»Nichts. Die Wohltätigkeitsorganisation verteilt vorgedruckte Zettel.«

»Wo ist das Zeug jetzt? Hast du's?«

»Nein. Ich habe dem Mädchen gesagt, alles genauso zu lassen, wie es ist. Das wird für ein, zwei Stunden in Ordnung gehen ... George, bist du noch da?«

»Ja.«

»Wer hat es getan? War es der Ehemann?«

»Ich weiß es nicht. Ich weiß es einfach nicht.«

»Soll ich irgend etwas tun – wegen der Kleider, meine ich? Sparrow anrufen oder irgend etwas?«

»Nein. Ich werde sofort mit Rigby sprechen. Adieu, Brim. Danke für den Anruf.«

Sie legte den Hörer auf. Er hörte sich seltsam an, fand sie. Er schien manchmal ganz geistesabwesend. Als wenn er abgeschaltet hätte. Sie ging in nordwestlicher Richtung zum Themsekai. Es war lange nach zehn – das erstemal, daß sie spät dran war. Das war, weiß Gott wie lange, nicht mehr vorgekommen. Sie sollte sich ein Taxi nehmen. Da sie jedoch eine sparsame Frau war, fuhr sie mit dem Bus.

Ailsa Brimley glaubte nicht an Notfälle, denn sie erfreute sich einer bei Männern ungewöhnlichen und bei Frauen noch selteneren geistigen Disziplin. Je größer der Notfall, desto größer ihre Ruhe. John Landsbury hatte darüber bemerkt: »Du widersetzt dich dem Dramatischen, Brim; du hast die seltene Gabe, das zu verachten, was dringend ist. Ich kenne ein Dutzend Leute, die dir fünftausend jährlich dafür zahlen würden, daß du ihnen täglich sagst, daß das, was wichtig ist, selten auch dringend ist. Das Dringende ist gleich dem Vergänglichen, und das Vergängliche ist gleich dem Unwichtigen.«

Sie stieg aus dem Bus und warf den Fahrschein sorgsam in den Abfallkorb. Als sie in dem warmen Sonnenlicht der Straße stand, gewahrte sie die Plakate, die die erste Ausgabe der Abendblätter anzeigten. Wäre die Sonne nicht gewesen, hätte sie vielleicht gar nicht hingesehen; aber die Sonne blendete sie und ließ sie nach unten blicken. Und so sah sie es, las sie im fetten Schwarz des feuchten Zeitungsdrucks, in der vorgefaßten Hysterie der Fleet Street: »Nächtliche Suche nach verschwundenem Carne-Schüler.«

15

DER WEG ZU FIELDING

Smiley legte den Hörer hin und ging rasch am Empfangstisch vorbei zum Ausgang. Er mußte Rigby sofort sprechen.

Als er eben das Hotel verließ, hörte er jemanden seinen Namen rufen. Er drehte sich um und sah seinen alten Feind, den Nachtportier, der dem Tageslicht trotzte und ihm mit seiner grauen Hand wie Charon zuwinkte.

»Die von der Polizeistation haben Sie schon gesucht«, bemerkte er mit unverhohlenem Vergnügen; »Mr. Rigby möchte Sie sprechen, der Inspektor. Sie sollen sofort hinkommen. Sofort, verstehen Sie.«

»Ich bin ja schon dorthin unterwegs«, antwortete Smiley gereizt, und als er sich durch die Pendeltür schob, hörte er den alten Mann wiederholen: »Sofort, verstehen Sie; man wartet auf Sie.«

Auf dem Weg durch die Straßen von Carne dachte er zum hundertsten Male über die Unergründlichkeit des Motivs im menschlichen Handeln nach: Es gibt nichts Wahres auf Erden. Es gibt keinen festen, keinen verläßlichen Punkt, nicht einmal in der reinsten Logik oder im dunkelsten Mystizismus; am wenigsten in den Motiven von Menschen, wenn sie sich zu einer Gewalttat gedrängt fühlen.

Hatte der Mörder, der nun so nahe vor der Entdeckung stand, in der peinlich genauen Ausführung seiner Pläne Befriedigung gefunden? Denn jetzt war es über jeden Zweifel erhaben: Dies war ein bis in die letzten Einzelheiten vorbereiteter Mord – selbst bis zu der unerklärlich weit vom Tatort weggeschafften Waffe. Ein Mord mit Spuren, die zur Irreführung ausgestreut worden waren, ein Mord, geplant, um ungeplant zu wirken, ein Mord wegen einer Kette von Perlen. Nun war das Geheimnis der Fußabdrücke geklärt: nachdem er die Überschuhe ins Paket getan hatte, war der Mörder den Pfad hinunter zum Tor gegangen, und seine eigenen Spuren waren durch die zahlreichen Fußabdrücke anderer verwischt worden.

Rigby sah müde aus.

»Sie haben die Nachricht gehört, Sir, nehme ich an?«

»Was für eine Nachricht?«

»Über den Jungen, den Jungen in Fieldings Haus, der die ganze Nacht abgängig war.«

»Nein.« Smiley fühlte plötzliche Übelkeit. »Nein, ich habe nichts gehört.«

»Himmel, ich dachte, Sie wüßten Bescheid! Gestern abend um halb neun rief uns Fielding hier an. Perkins, sein Präfekt, sei nicht von einer Musikstunde bei Mrs. Harlowe, die in Richtung Longemede wohnt, nach Hause gekommen. Wir gaben Alarm und begannen, nach ihm zu suchen. Ein Streifenwagen wurde auf die Straße geschickt, auf der er hätte zurückkommen müssen – er fuhr mit dem Rad, wissen Sie. Zuerst sahen sie nichts, aber auf der Rückfahrt stoppte der Fahrer den Wagen am Fuß des Longemede-Hügels, da, wo die seichte Furt ist. Es fiel ihm ein, daß der Junge vielleicht vom oberen

Ende des Steilstückes einen langen Anlauf auf die Furt zu gemacht haben und in der Vertiefung zu Schaden gekommen sein könnte. Sie fanden ihn halb im Graben, das Rad daneben. Tot.«

»Ach, mein Gott!«

»Wir haben der Presse zuerst nichts verlautbart. Die Eltern sind in Singapur. Der Vater ist Berufsoffizier, Fielding hat ihm ein Telegramm geschickt. Wir haben uns auch mit dem Kriegsministerium in Verbindung gesetzt.«

Sie schwiegen einen Augenblick, dann fragte Smiley: »Wie ist das passiert?«

»Wir haben die Straße gesperrt und versucht, den Unfall zu rekonstruieren. Ich habe jetzt einen Beamten drüben, nur zum Nachsehen. Das Dumme ist, wir konnten bis zum Morgen nicht viel tun. Außerdem, die Männer sind überall herumgetrampelt; man kann's ihnen nicht übelnehmen. Es sieht so aus, als ob er nahe dem Ende des Gefälles hingefallen und mit seinem Kopf auf einem Stein aufgeschlagen wäre: die rechte Schläfe.«

»Wie hat Fielding es aufgenommen?«

»Er war sehr erschüttert. Sehr erschüttert, wirklich. Ehrlich gesagt, ich hätte es nicht geglaubt. Er schien einfach ... zu resignieren. Es gab eine Menge zu tun – den Eltern zu telegrafieren, mit dem Onkel des Jungen in Windsor Verbindung aufzunehmen, und so weiter. Aber er überließ das alles einfach Miss Truebody, seiner Haushälterin. Wenn sie nicht gewesen wäre, ich weiß nicht, wie wir fertig geworden wären. Ich war ungefähr eine halbe Stunde bei ihm, dann brach er einfach völlig zusammen und bat, allein gelassen zu werden.«

»Wie meinen Sie das: brach zusammen?« fragte Smiley rasch.

»Er weinte. Weinte wie ein Kind«, sagte Rigby gelassen. »Ich hätte's nie gedacht.«

Smiley bot Rigby eine Zigarette an und nahm selbst eine.

»Ich nehme an«, wagte er, »es war ein Unfall?«

»Das nehme ich an«, erwiderte Rigby hölzern.

»Vielleicht«, sagte Smiley, »teile ich Ihnen, ehe wir fortfahren, meine Neuigkeiten mit. Ich war unterwegs, um Sie aufzusuchen, als Sie anriefen. Ich habe gerade von Miss Brimley gehört.« Und auf seine präzise, ziemlich formelle Art berichtete er alles, was ihm Miss Brimley gesagt hatte, und wie er auf den Inhalt des Pakets neugierig geworden war.

Smiley wartete, während Rigby mit London telefonierte. Fast mechanisch beschrieb Rigby alles, was er getan wissen wollte: das Paket und sein Inhalt waren zu beschlagnahmen und Vorkehrungen zu treffen, sie sofort einer gerichtsmedizinischen Untersuchung zu unterziehen; die Oberflächen waren nach Fingerabdrücken zu untersuchen. Er werde selbst mit einigen Proben der Handschrift eines Jungen und einer Examensarbeit nach London kommen; er werde das Gutachten eines Handschriftenexperten einholen. Nein, er werde mit der Bahn, mit dem Zug 4 Uhr 25 ab Carne, ankommen, der in Waterloo um 8 Uhr 05 eintrifft. Könne man ihn mit dem Wagen vom Bahnhof abholen lassen? Stille trat ein, und dann sagte Rigby verdrossen: »Schon gut, dann nehme ich mir so ein verfluchtes Taxi«, und legte ziemlich jäh auf.

Er sah Smiley einen Moment ärgerlich an, grinste dann, zupfte sich am Ohr und sagte: »Verzeihung, Sir, ich werde schon ein bißchen verdrossen.« Er deutete mit dem Kopf auf die entfernte Wand und fügte hinzu: »Kämpfe an zu vielen Fronten, nehme ich an. Ich werde den Chef über das Paket in Kenntnis setzen müssen, aber er ist im Augenblick auf der Jagd – nur Tauben, mit ein paar Freunden, er wird nicht lange weg sein –, aber ich habe Ihre Anwesenheit in Carne tatsächlich noch nicht erwähnt, und wenn Sie nichts dagegen haben, werde ich ...«

»Selbstverständlich«, unterbrach ihn Smiley schnell. »Ist ja viel einfacher, wenn Sie mich heraushalten.«

»Ich werde ihm sagen, daß es nur eine Routineerkundigung war. Wir werden Miss Brimley später erwähnen müssen ... aber es hat keinen Sinn, die Dinge noch schlimmer zu machen, wie?«

»Nein.«

»Ich muß Janie freilassen, glaube ich ... Sie hatte doch recht, nicht wahr? Silberflügel im Mondschein.«

»Ich würde – nein, ich würde sie nicht freilassen, Rigby«, sagte Smiley mit ungewohnter Heftigkeit. »Behalten Sie sie so lange, wie Sie nur können, in Haft. Keine weiteren Unfälle, um Himmels willen! Wir haben genug davon gehabt.«

»Dann glauben Sie also nicht, daß Perkins' Tod ein Unfall war?«

»Lieber Himmel, nein«, rief Smiley plötzlich, »und Sie auch nicht, oder?«

»Ich habe einen Beamten darauf angesetzt«, erwiderte Rigby kühl. »Ich kann den Fall nicht selbst übernehmen. Ich werde beim Mordfall Rode benötigt. Der Chef wird jetzt Scotland Yard hinzuziehen müssen, und die Hölle wird los sein, kann ich Ihnen sagen. Er dachte, es sei alles so gut wie vorüber.«

»Und in der Zwischenzeit?«

»In der Zwischenzeit werde ich mein Bestes tun, um herauszufinden, wer Stella Rode ermordet hat.«

»Wenn man«, sagte Smiley langsam, »auf diesem Regenmantel Fingerabdrücke findet, was ich bezweifle, wird man irgendwelche ... hier greifbar haben, um sie damit zu vergleichen?«

»Wir haben natürlich Rodes und Janies.«

»Aber nicht Fieldings?«

Rigby zögerte.

»Tatsächlich haben wir welche«, sagte er endlich. »Aus lange zurückliegender Zeit. Das hat aber nichts mit dieser Art von Verbrechen zu tun.«

»Es war während des Krieges«, sagte Smiley. »Sein Bruder erzählte es mir. Oben im Norden. Es wurde vertuscht, nicht wahr?«

Rigby nickte. »Soviel ich gehört habe, wußten es nur die D'Arcys, und natürlich der Direktor. Es geschah in den Ferien – irgendein Junge aus der Air Force. Der Chef war sehr hilfsbereit ...«

Smiley schüttelte Rigby die Hand und ging das vertraute mit Weichholz getäfelte Treppenhaus hinunter. Er bemerkte wieder den unbestimmten Institutsgeruch von Bohnerwachs und Karbolseife, ähnlich dem Geruch in Fieldings Haus.

Langsam ging er zum »Sawley Arms« zurück. An der Stelle jedoch, wo er sich nach links zu seinem Hotel hätte wenden müssen, zögerte er und schien sich anders zu entschließen. Dann überquerte er bedächtig, fast widerstrebend, die Straße zum Abteiplatz und ging um die Südecke herum auf Fieldings Haus zu. Er sah beunruhigt aus, fast erschrocken.

16

Sinn für Musik

Miss Truebody öffnete die Tür. Ihre Augenlider waren gerötet, als ob sie geweint hätte.

»Könnte ich vielleicht Mr. Fielding sprechen? Um mich zu verabschieden.«

Sie zögerte. »Mr. Fielding ist ganz außer sich. Ich bezweifle, daß er irgendjemanden empfangen möchte.«

Er folgte ihr durch die Halle und sah zu, wie sie zur Tür des Studierzimmers ging. Sie klopfte, neigte den Kopf, drückte dann sacht die Türklinke und trat ein. Es dauerte lange, bis zu sie zurückkam.

»Er wird gleich herauskommen«, sagte sie, ohne Smiley anzusehen.

»Wollen Sie Ihren Mantel ablegen?« Sie wartete, während er umständlich aus dem Mantel schlüpfte, nahm ihn dann und hängte ihn neben den van-Gogh-Stuhl. Sie standen schweigend nebeneinander und blickten zur Tür des Arbeitszimmers.

Dann, ganz plötzlich, stand Fielding in der halboffenen Tür, unrasiert und in Hemdsärmeln. »Um Gottes willen«, sagte er heiser. »Was wollen Sie?«

»Ich wollte mich nur verabschieden, Fielding, und mein Beileid aussprechen.«

Fielding sah ihn einen Augenblick fest an; er lehnte sich schwer gegen die Türfüllung: »Also, adieu. Danke für Ihren Besuch.« Er fuchtelte mit einer Hand unbestimmt umher. »Sie hätten sich wirklich nicht zu bemühen brauchen«, setzte er unhöflich hinzu. »Sie hätten mir auch eine Karte schicken können, nicht?«

»Hätte ich tun können, ja; es schien nur so sehr tragisch, da er so nahe vor dem Erfolg war.«

»Was meinen Sie? Was, zum Teufel, meinen Sie?«

»Ich meine seine Arbeit ... die Besserung. Simon Snow hat mir alles erzählt. Wirklich erstaunlich, die Art, wie ihn Rode weitergebracht hat.«

Ein langes Schweigen, dann sprach Fielding: »Adieu, Smiley. Danke für Ihren Besuch.«

Er wandte sich zum Studierzimmer zurück, als Smiley rief: »Aber bitte ... bitte sehr. Ich nehme an, auch der arme Rode muß sich von diesen Prüfungsergebnissen aufgekratzt gefühlt haben. Ich meine, es war doch mehr oder weniger eine Sache von Leben und Tod für Perkins, diese Prüfung zu bestehen, nicht wahr? Er hätte doch seine Versetzung im nächsten Semester nicht bekommen, wenn er in Naturwissenschaft durchgefallen wäre. Sie hätten ihn vielleicht nicht zulassen können, nehme ich an, obwohl er Hauspräfekt war; dann hätte er nicht zur Aufnahmeprüfung in die Armee antreten dürfen. Armer Perkins, er hatte Rode eine Menge zu verdanken, nicht wahr? Und sicherlich auch Ihnen, Fielding. Sie müssen ihm wunderbar geholfen haben ... Sie beide, Sie und Rode; Rode und Fielding. Seine Eltern sollten das wissen. Sie sind ziemlich in Geldnot, höre ich; der Vater ist Berufsoffizier, nicht wahr, in Singapur? Es muß eine große Anstrengung bedeutet haben, den Jungen in Carne zu halten. Es wird sie trösten, zu wissen, wie viel für ihn getan wurde, nicht wahr, Fielding?« Smiley war sehr blaß. »Sie haben das Neueste wohl schon gehört?« fuhr er fort. »Über dieses elende Zigeunerweib, das Stella Rode getötet hat? Man hat entschieden, daß sie zurechnungsfähig ist. Ich nehme an, man wird sie hängen. Das wäre dann der dritte Tod, nicht wahr? Hören Sie, ich werde Ihnen etwas Seltsames erzählen – ganz unter uns –, Fielding. Ich glaube nicht, daß sie es getan hat. Glauben Sie's? Ich glaube einfach nicht, daß sie es getan hat.«

Er sah Fielding nicht an. Seine kleinen Hände hatte er fest hinter dem Rücken verschränkt; er stand mit hängenden Schultern da, den Kopf zur Seite geneigt, als lausche er auf eine Antwort.

Fielding schien Smileys Worte wie einen physischen Schmerz zu empfinden. Langsam schüttelte er den Kopf.

»Nein«, sagte er. »Carne tötete sie; es war Carne. Es konnte nur hier passieren. Es ist das Spiel, das wir spielen: das Ausschließungsspiel. Teile und herrsche!« Er sah Smiley voll ins Gesicht und schrie: »Nun gehen Sie, um Himmels willen! Sie haben bekommen, was Sie wollten, nicht? Nun können Sie mich auf Ihr kleines Brett heften, wie?« Und dann begann er, zu Smileys Qual, in langgezogenen unbeherrschten Schluchzern zu wimmern, die Hand auf der Stirn. Plötzlich erschien er grotesk, wie er den kindlichen Tränen mit seiner kreideweißen Hand Einhalt gebot, die plumpen Füße nach innen gedreht. Sachte lockte ihn Smiley ins Studierzimmer zurück, sachte setzte er ihn vor das erloschene Feuer. Dann begann er leise und mitfühlend mit ihm zu sprechen.

»Wenn es wahr ist, was ich denke, ist nicht mehr viel Zeit«, begann er. »Ich möchte, daß Sie mir von Tim Perkins erzählen – von dem Examen.«

Fielding nickte, das Gesicht in die Hände vergraben.

»Er wäre durchgefallen, nicht wahr? Er wäre durchgefallen und nicht versetzt worden; er hätte abgehen müssen.« Fielding schwieg. »Nach der Prüfung, an jenem Tag, gab ihm Rode die Aktenmappe, um sie hierher zu bringen, die Mappe, die die Arbeiten enthielt; Rode hatte in dieser Woche Kirchendienst und kam vor dem Abendessen nicht nach Hause, aber er wollte die Arbeiten in jener Nacht korrigieren, nach seinem Essen mit Ihnen.«

Fielding nahm die Hände vom Gesicht und lehnte sich im Stuhl zurück, den großen Kopf nach hinten geneigt, die Augen geschlossen.

Smiley fuhr fort: »Perkins kam nach Hause und brachte an diesem Abend die Mappe zu Ihnen, wie Rode es ihm gesagt hatte, zur sicheren Aufbewahrung. Perkins war schließlich Ihr Hauspräfekt, ein verantwortungsbewußter Junge ... Er übergab Ihnen die Mappe, und Sie fragten ihn, wie er bei der Prüfung abgeschnitten habe.«

»Er weinte«, sagte Fielding plötzlich. »Er weinte, wie nur ein Kind weinen kann.«

»Und nachdem er zusammengebrochen war, sagte er Ihnen, daß er gemogelt hatte? Daß er die Antworten nachgesehen und in seine Prüfungsarbeit übertragen hatte. Stimmt das? Und nach der Ermordung von Stella Rode erinnerte er sich, was er sonst noch in der Mappe gesehen hatte?«

Fielding stand auf. »Nein! Sehen Sie's denn nicht? Tim hätte nicht gemogelt, um sein Leben zu retten! Das ist ja der springende Punkt, die ganze verdammte Ironie dabei«, rief er. »Er hat überhaupt nicht gemogelt. *Ich* mogelte für ihn.«

»Aber das konnten Sie doch nicht! Sie konnten seine Handschrift nicht kopieren!«

»Er schrieb mit einem Kugelschreiber. Es waren nur Formeln und Diagramme. Als er fortgegangen war und mich mit der Aktenmappe allein gelassen hatte, sah ich mir seine Arbeit an. Sie war hoffnungslos – er hatte nur zwei von sieben Aufgaben gelöst. So mogelte ich für ihn. Ich schrieb sie einfach aus dem Lehrbuch ab und trug sie mit blauem Kugelschreiber ein, wie wir ihn alle benutzen. Abbotts verkaufen sie. Ich ahmte seine Schrift nach, so gut ich konnte. Ich brauchte nur etwa drei Zahlenreihen. Das übrige waren Diagramme.«

»Dann waren Sie es, der die Mappe öffnete? Der sah ...«

»Ja, ich war es, sage ich Ihnen, nicht Tim! Er konnte für sein Leben nicht mogeln! Aber Tim bezahlte dafür, sehen Sie's nicht? Als die Zensuren bekanntgegeben wurden, muß Tim gewußt haben, daß etwas mit ihnen nicht in Ordnung war. Schließlich hatte er nur zwei Aufgaben von sieben versucht, und jetzt hatte er einundsechzig Prozent bekommen. Aber sonst wußte er *nichts,* gar *nichts!*«

Lange Zeit sprach keiner von ihnen. Fielding blickte auf Smiley herab, frohlockend vor Erleichterung darüber, daß jemand sein Geheimnis teilte, und Smiley sah vage an ihm vorbei, das Gesicht in vollkommener Konzentration gestrafft.

»Und, natürlich«, sagte er endlich, »wußten Sie, als Stella ermordet wurde, wer es getan hatte.«

»Ja«, antwortete Fielding, »ich wußte, daß Rode sie getötet hatte.«

Fielding goß sich einen Brandy ein und gab auch Smiley einen. Er schien seine Selbstbeherrschung wiedergewonnen zu haben, setzte sich und sah Smiley eine Weile nachdenklich an.

»Ich habe kein Geld«, sagte er endlich. »Keines. Niemand weiß das, außer dem Direktor. Oh, sie wissen, daß ich mehr oder minder bankrott bin, aber sie wissen nicht, *wie* bankrott. Vor langer Zeit benahm ich mich wie ein Esel. Ich geriet in Schwierigkeiten. Es war im Krieg, als man keine Lehrer bekam. Ich hatte ein Internat für Jungen und leitete praktisch die Schule – D'Arcy und ich. Wir leiteten sie zusammen, und der Direktor leitete uns. Dann benahm ich mich wie ein Esel. Es war während der Ferien. Ich war damals oben im Norden und hielt eine Reihe von Vorträgen in einem Ausbildungsort der Royal Air Force. Und ich ließ mir was zuschulden kommen. Schlimm. Sie schnappten mich. Und herbei kam D'Arcy, mit seinem bäuerlichen Mantel angetan, und überbrachte die Bedingungen des Direktors: Kommen Sie zurück nach Carne, lieber Kollege, und wir werden nicht mehr darüber sprechen; leiten Sie weiter Ihr Haus, lieber Kollege, und leihen Sie uns weiter Ihre Weisheit. Es ist nicht an die Öffentlichkeit gedrungen. Wir wissen, es wird nie wieder geschehen, lieber Kollege, und wir sind sehr knapp an Lehrern. Kommen Sie als Aushilfslehrer zurück. So hab ich's gemacht, bin seitdem immer einer gewesen und gehe jeden Dezember mit der Mütze in der Hand zum Liebling D'Arcy mit der Bitte, meinen Vertrag zu erneuern. Und natürlich – keine Pension. Ich werde an einem Einpaukinstitut unterrichten müssen. Es gibt einen Ort in Somerset, wo sie mich nehmen werden. Ich besuche den Direktor in London am Donnerstag. Es ist eine Art Abbruchshof für alte

Professoren. Unser Direktor muß es gewußt haben; er gab mir eine Empfehlung.«

»Deswegen konnten Sie es niemandem sagen? Wegen Perkins?«

»In gewisser Weise, ja. Ich meine, die Polizei würde ja alles mögliche wissen wollen. Ich tat es für Tim, sehen Sie. Die Kuratoriumsmitglieder hätten das nicht besonders gemocht ... ungebührliche Zuneigung ... Es sieht schlimm aus, nicht wahr? Aber es war nicht jene Art von Zuneigung, Smiley, nicht mehr. Sie haben ihn nie Cello spielen hören. Er war nicht großartig, aber zuweilen spielte er so schön, mit einer Art gewählter Schlichtheit, die unbeschreiblich gut war. Er war ein linkischer Junge, und wenn er gut spielte, war es eine solche Überraschung. Sie hätten ihn spielen hören sollen.«

»Sie wollten ihn da nicht hineinziehen. Wenn Sie der Polizei sagten, was Sie gesehen hatten, würde es auch Tim ruinieren?«

Fielding nickte. »In ganz Carne war er das einzige, was ich liebte.«

»Liebte?« fragte Smiley.

»Um Himmels willen«, sagte Fielding mit erschöpfter Stimme, »warum nicht?«

»Seine Eltern wollten, daß er auf die Militärakademie nach Sandhurst gehe, ich nicht, leider. Ich dachte, ich könnte ihm, wenn ich ihn noch ein oder zwei Semester hierbehalten könnte, vielleicht ein Musikstipendium verschaffen. Deswegen machte ich ihn zum Hauspräfekten: Ich wollte, daß seine Eltern ihn hierließen, weil er sich so gut machte.« Fielding machte eine Pause. »Er war ein miserabler Hauspräfekt«, fügte er hinzu.

»Und was genau war in der Aktenmappe«, fragte

Smiley, »als Sie sie an jenem Abend öffneten, um Tims Prüfungsarbeit zu besehen?«

»Ein Päckchen aus durchsichtigem Kunststoff ... es kann eines von diesen zusammenfaltbaren Capes gewesen sein, ein altes Paar Handschuhe und ein Paar selbstgemachte Gummischuhe.«

»Selbstgemacht?«

»Ja. Von einem Paar Gummistiefel abgetrennt, würde ich sagen.«

»Das ist alles?«

»Nein. Da war noch ein Stück schweres Kabel; wie ich annahm, um etwas in seinem Naturwissenschaftunterricht zu demonstrieren. Es schien natürlich genug, im Winter eine Regenhaut bei sich zu führen. Dann, nach dem Mord, begriff ich, wie er es gemacht hatte.«

»Wußten Sie«, fragte Smiley, »*warum* er es getan hatte?«

Fielding schien zu zögern. »Rode ist ein Versuchskaninchen«, begann er, »der erste, den wir von einer öffentlichen Schule hatten. Die meisten von uns sind tatsächlich selbst alte Carnianer. Schon darauf eingestellt, wenn wir anfangen. Rode war es nicht, und Carne regte ihn auf. Der Name Carne selbst bedeutet Qualität, und Rode liebte Qualität. Seine Frau war nicht so. Sie hatte ihren Standard, und der war anders, aber genauso gut. Ich pflegte Rode mitunter in der Abtei am Sonntagmorgen zu beobachten. Die Lehrer sitzen am Ende der Bankreihen, ganz beim Mittelschiff, wissen Sie. Ich beobachtete sein Gesicht, wenn der Chor an ihm vorbeizog, in Weiß und Scharlach, und der Direktor in seinem Talar eines Doktors der Philosophie, die Kuratoren hinter sich. Rode war trunken – trunken vom Stolz auf Carne. Wir sind berauschender Wein für die Leute von öffentlichen Schulen, wissen Sie. Es muß ihn schrecklich geschmerzt haben, daß Stella daran überhaupt nicht teilnahm. Man konnte das sehen. Noch an dem Abend, als sie zu mir zum Dinner kamen, an dem gleichen Abend, als sie starb, zankten sie sich. Ich habe es niemandem erzählt, aber es stimmt. Der Direktor hatte an jenem Abend bei der Komplet eine Predigt ›Haltet fest am Guten‹ gehalten. Rode sprach bei Tisch darüber; er konnte nicht viel Alkohol vertragen, wissen Sie, er war nicht daran gewöhnt. Er war erfüllt von dieser Predigt und der Beredsamkeit des Direktors. Seine Frau kam nie in die Abtei – sie ging in das schäbige Bethaus beim Bahnhof. Er verbreitete sich über die Schönheit des Abteirituals, die Würde, die Ehrfurcht. Sie verhielt sich still, bis er fertig war, lachte dann und sagte: ›Armer alter Stan. Du wirst immer Stan für mich bleiben.‹ Ich habe noch nie jemanden so zornig gesehen wie damals ihn. Er wurde ganz blaß.«

Fielding wischte sich das weiße Haar aus den Augen und fuhr beinahe mit der alten Großspurigkeit fort: »Ich habe sie bei den Mahlzeiten beobachtet. Nicht nur hier, sondern auch bei Dinnergesellschaften anderswo, wenn wir beide eingeladen waren. Ich habe beobachtet, wie sie die simpelsten Dinge tat – etwa einen Apfel aß. Sie schälte ihn in einem Stück, rundherum, bis die ganze Schale abfiel. Dann schnitt sie den Apfel auf und würfelte die Viertel, machte alles fertig, ehe sie ihn aß. Sie hätte die Frau eines Bergarbeiters sein können, die den Apfel für ihren Mann vorbereitet. Sie mußte doch *gesehen* haben, wie die Leute so etwas hier machen, aber es fiel ihr nie ein, daß sie sie nachahmen sollte. Ich bewundere das. Sie, Mr. Smiley, vermutlich auch. Aber Carne nicht – und Rode nicht; vor allem Rode nicht. Er pflegte sie zu beobachten, und ich glaube, er begann sie zu hassen, weil sie sich nicht anpaßte. Er sah sie allmählich als Hindernis für seinen Erfolg, als den einen Faktor, der ihn einer großen Karriere berauben würde. Einmal zu diesem Ergebnis gekommen, was konnte er tun? Er konnte sich nicht scheiden lassen – das hätte ihm mehr Schaden zugefügt, als wenn er mit ihr verheiratet blieb. Rode wußte, was Carne über eine Scheidung denken würde; wir sind eine Kirchengründung, bedenken Sie das. Deswegen tötete er sie. Er plante seinen schäbigen Mord und gab ihnen mit seinem kleinen Naturwissenschaftlerverstand alle die Spuren, die sie finden wollten. Fabrizierte Spuren. Spuren, die auf einen Mörder hindeuten sollen, der gar nicht existierte. Aber etwas ging schief; Tim Perkins bekam einundsechzig Prozent. Er hatte eine unwahrscheinlich gute Note bekommen – er mußte gemogelt haben. Er hatte die Gelegenheit dazu – er hatte die Arbeiten in der Aktentasche gehabt. Rode setzte seinen kleinen Verstand daran und entschied, was geschehen war: Tim hatte die Mappe geöffnet und das Cape, die Schuhe und Handschuhe gesehen. Und das Kabel. Deswegen tötete Rode auch ihn.«

Mit überraschender Energie stand Fielding auf und schenkte sich einen Brandy ein. Sein Gesicht war gerötet, fast triumphierend.

Smiley stand auf: »Wann, sagten Sie, würden Sie nach London kommen? Donnerstag, nicht wahr?«

»Ja. Ich hatte abgemacht, daß ich mit meinem Einpaukmann in einem dieser schrecklichen Clubs in Pall Mall essen würde. Ich gehe immer in den falschen, Sie auch? Aber ich fürchte, es hat nicht viel Sinn, ihn jetzt noch zu treffen, wenn dies alles herauskommen wird, nicht wahr? Nicht einmal ein Einpaukinstitut wird mich dann noch nehmen.«

Smiley zögerte.

»Kommen Sie, und essen Sie mit mir an jenem Abend. Bleiben Sie über Nacht, wenn Sie wollen. Ich werde noch ein oder zwei Leute dazubitten. Wir werden eine Party abhalten. Sie werden sich bis dahin besser fühlen. Wir können ein bißchen plaudern. Vielleicht bin ich imstande, Ihnen zu helfen ... um Adrians willen.«

»Danke. Ich täte es gern. Abgesehen von der Unterredung, habe ich ohnehin allerlei in London zu ordnen.«

»Gut. Viertel vor acht. Bywater Street, Chelsea, Nummer 9A.«

Fielding schrieb es in sein Notizbuch. Seine Hand war ganz sicher.

»Smoking?« fragte Fielding, den Stift gezückt.

Und irgendein Kobold ließ Smiley antworten: »Ich ziehe gewöhnlich einen an, aber es ist nicht wichtig.« Einen Moment war Schweigen.

»Ich nehme an«, begann Fielding tastend, »daß dies alles in der Gerichtsverhandlung herauskommen wird, über Tim und mich? Ich werde ruiniert sein, wenn das geschieht, wissen Sie, ruiniert.«

»Ich weiß nicht, wie man das verhindern könnte.«

»Jetzt fühle ich mich jedenfalls viel besser«, sagte Fielding, »viel besser.«

Mit einem flüchtigen Adieu ließ Smiley ihn allein. Still ging er zur Polizeistation zurück, ziemlich sicher, daß Fielding der vollendetste Lügner war, dem er seit langem begegnet war.

17

Entwischt

Er klopfte an Rigbys Tür und trat sofort ein.

»Es tut mir furchtbar leid, Sie müssen Rode verhaften«, begann er und schilderte seine Unterredung mit Fielding.

»Ich werde es dem Chef berichten müssen«, sagte Rigby zweifelnd. »Möchten Sie das alles vor ihm wiederholen? Wenn wir einen Carne-Lehrer einnähen wollen, so meine ich, daß es der Chef zuerst wissen muß. Er ist gerade zurückgekehrt. Warten Sie eine Minute.« Er griff nach dem Telefon auf seinem Tisch und verlangte den Polizeidirektor. Einige Minuten später gingen sie schweigend einen teppichbelegten Korridor hinunter. An beiden Wänden hingen Fotos von Rugby- und Cricketmannschaften, einige vergilbt und von der indischen Sonne gebleicht, andere in dem Sepiaton, der bei Carne-Fotografen zu Beginn des Jahrhunderts in Gunst gestanden hatte. In Zwischenräumen den Korridor entlang standen leere Eimer in leuchtendem Rot, die in Weiß den sorgfältigen Aufdruck FEUER zeigten. Am hintersten Ende des Korridors war eine dunkle Eichentür. Rigby klopfte und wartete. Stille. Er klopfte wieder, und das wurde mit dem Ruf »Herein« beantwortet.

Zwei sehr große Spaniels beobachteten ihr Eintreten. Hinter den Spaniels, an einem enormen Schreibtisch, saß Brigadegeneral Havelock, O.B.E.*, Polizeidirektor von Carne, wie eine Wasserratte auf einem Floß.

Die wenigen Strähnen weißen Haars, die seitwärts über seinen sonst kahlen Kopf liefen, waren sorgsam so angeordnet, daß sie eine möglichst große Fläche bedeckten. Das gab ihm ein merkwürdig nasses Aussehen, als sei er gerade aus dem Fluß aufgetaucht. Sein Schnurrbart, der üppig die Schütterkeit sonstigen Haarwuchses wettmachte, war gelb und schien recht kräftig zu sein. Er war ein sehr kleiner Mann, trug einen braunen Anzug und einen steifen weißen Kragen mit abgerundeten Ecken.

»Sir«, begann Rigby, »darf ich Ihnen Mr. Smiley aus London vorstellen?«

Er kam hinter seinem Schreibtisch hervor, als ergebe er sich, nicht überzeugt, doch resigniert. Dann schob er eine kleine knorrige Hand vor und sagte: »Aus London, äh? Guten Tag, Sir«, alles auf einmal, als habe er es auswendig gelernt.

»Mr. Smiley ist zu einem Privatbesuch hier, Sir«, fuhr Rigby fort. »Er kennt Mr. Fielding.«

»Ein komischer Kauz, dieser Fielding, ein komischer Kauz«, schnauzte der Polizeidirektor.

»Ja, tatsächlich, Sir«, sagte Rigby und fuhr fort: »Mr. Smiley hat Mr. Fielding gerade besucht, Sir, um sich von ihm vor seiner Rückkehr nach London zu verabschieden.«

Havelock warf einen blitzenden Blick auf Smiley, als überlege er, ob dieser imstande sei, die Reise zu unternehmen.

»Mr. Fielding hat eine Art Aussage gemacht, die er mit

* *Order of the British Empire.*

neuem, eigenem Beweismaterial unterbaute. Über den Mord, Sir.«

»Nun, Rigby?« sagte er herausfordernd.

Smiley griff ein: »Er sagte, der Ehemann habe es getan; Stanley Rode. Fielding sagte, als ihm sein Präfekt Rodes Aktenmappe mit den Prüfungsarbeiten brachte ...«

»Was für Prüfungsarbeiten?«

»Rode führte an jenem Nachmittag die Aufsicht, Sie erinnern sich. Er hatte außerdem Kirchendienst, bevor er zum Dinner in Fieldings Haus ging. Aus Gründen der Zweckmäßigkeit gab er die Prüfungsarbeiten Perkins, der sie ...«

»Der Junge, der den Unfall hatte?« fragte Havelock.

»Ja.«

»Sie wissen eine Menge darüber«, meinte Havelock dunkel.

»Fielding sagte, als Perkins ihm die Mappe überbrachte, habe er, Fielding, sie geöffnet. Er habe sehen wollen, wie Perkins bei der Prüfungsarbeit abgeschnitten hatte. Es war für die Zukunft des Jungen von Bedeutung, daß er seine Versetzung bekam«, fuhr Smiley fort.

»Oh, Arbeit ist heute das einzige«, sagte Havelock mit Bitterkeit. »War nicht so, als ich hier Schüler war, versichere ich Ihnen.«

»Als Fielding die Mappe öffnete, waren die Prüfungsarbeiten darin. Aber auch ein Kunststoffcape, ein altes Paar Lederhandschuhe und ein Paar Gummischuhe, die von Stiefeln abgeschnitten waren.«

Eine Pause.

»Großer Gott! Großer Gott! Haben Sie's gehört, Rigby? Das ist doch das, was sie in dem Paket in London gefunden haben. Großer Gott!«

»Schließlich war auch ein Stück Kabel, schweres Kabel, in der Mappe. Wegen dieser Mappe ging Rode, wie Sie sich erinnern, in der Mordnacht zurück«, schloß Smiley. Es war wie das Füttern eines Kindes – man durfte den Löffel nicht zu voll machen.

Eine sehr lange Stille trat ein. Dann sagte Rigby, der seinen Mann zu kennen schien: »Das Motiv war Vorankommen im Beruf, Sir. Mrs. Rode zeigte kein Verlangen, ihre Stellung zu verbessern, zog sich schlampig an und beteiligte sich nicht am religiösen Leben der Schule.«

»Augenblick mal«, sagte Havelock. »Rode plante den Mord von Anfang an, richtig?«

»Ja, Sir.«

»Er wollte, daß es so aussähe wie Raub unter Gewaltanwendung?«

»Ja, Sir.«

»Nachdem er die Aktenmappe an sich genommen hatte, ging er nach North Fields zurück. Was tat er danach?«

»Er zieht das Kunststoffcape mit Kapuze, Überschuhe und Handschuhe an. Er bewaffnet sich mit dem Kabel, Sir. Er öffnet das Gartentor, geht zur Vordertür und klingelt, Sir. Seine Frau kommt zur Tür. Er schlägt sie nieder, schleppt sie in den Wintergarten und ermordet sie. Er reinigt die Kleidung unter dem Wasserhahn und tut sie in das Paket. Nachdem er das Paket verschlossen hat, geht er die Zufahrt hinunter, diesmal auf dem Pfad zur vorderen Gartentür, Sir, da er weiß, daß seine eigenen Fußspuren bald von denen anderer Leute verwischt werden. An der Straße angelangt, wo der Schnee hart war und keine Abdrücke zeigte, drehte er sich um, betrat wieder das Haus, spielte die Rolle des entsetzten Ehemanns und achtete darauf, als er die Leiche entdeckte, Sir, seine eigenen Fingerabdrücke über die der Handschuhspuren zu bringen. Es gab einen Gegenstand, der zum Verschicken zu gefährlich war, Sir. Die Waffe.«

»Schon gut, Rigby. Verhaften Sie ihn. Mr. Borrow wird Ihnen einen Haftbefehl ausstellen, wenn Sie einen brauchen; sonst rufe ich Lord Sawley an.«

»Ja, Sir. Und ich werde Sergeant Low schicken, um von Mr. Fieldings Aussage ein vollständiges Protokoll aufzunehmen, Sir?«

»Warum, zum Teufel, hat er nicht früher ausgepackt, Rigby?«

»Das muß ich ihn fragen, Sir«, sagte Rigby ausdruckslos und verließ das Zimmer.

»Sind Sie Carnianer?« fragte Havelock und schob eine silberne Zigarettendose über den Tisch.

»Nein. Nein, leider«, antwortete Smiley.

»Woher kennen Sie dann Fielding?«

»Wir trafen uns nach dem Kriege in Oxford.«

»Merkwürdiger Kauz, Fielding, sehr merkwürdig. Sagen Sie, Ihr Name ist Smiley?«

»Ja.«

»Da gab es einen Kerl namens Smiley, der heiratete Ann Sercombe, Lord Sawleys Kusine. Verdammt hübsches Mädchen, diese Ann, und ging hin und heiratete diesen Burschen. Irgendein kleiner komischer Mensch im Staatsdienst mit 'nem Orden des Britischen Empire und 'ner goldenen Uhr. Sawley war verdammt verärgert.« Smiley sagte nichts. »Sawley hat einen Sohn in Carne. Wußten Sie das?«

»Ich habe es in der Zeitung gelesen, glaube ich.«

»Sagen Sie – dieser Rode. Kommt von einer öffentlichen Schule, oder nicht?«

»Ich nehme es an, ja.«

»Verdammt merkwürdige Sache. Experimente machen sich nie bezahlt, nicht wahr? Man kann mit der Tradition nicht experimentieren.«

»Nein. Nein, wahrhaftig nicht.«

»Das ist der Jammer heutzutage. Wie Afrika. Niemand scheint zu begreifen, daß man eine Gesellschaft nicht über Nacht aufbauen kann. Es braucht Jahrhunderte, einen Gentleman zu formen.« Havelock blickte stirnrunzelnd vor sich hin und fuhr mit dem Papiermesser auf seinem Tisch herum.

»Möchte wissen, wie er sein Kabel in diesen Graben bekommen hat, das Ding, mit dem er sie tötete. Wir haben ihn doch achtundvierzig Stunden nach dem Mord nicht aus den Augen gelassen.«

»Das ist es«, sagte Smiley, »was mir Rätsel aufgibt. Ebenso Jane Lyn.«

»Was meinen Sie?«

»Ich glaube nicht, daß Rode den Mut gehabt hätte, zum Haus zurückzugehen, nachdem er seine Frau getötet hatte, wenn er wußte, daß Jane Lyn ihn dabei beobachtet hatte. Unter der Annahme natürlich, *daß* er es wußte, was wahrscheinlich ist. Es ist zu kaltblütig ... viel zu kaltblütig.«

»Seltsam, verdammt seltsam«, murmelte Havelock. Er sah auf seine Uhr, indem er den linken Ellbogen in einer raschen Reiterbewegung, die Smiley komisch und etwas traurig fand, nach außen schob. Die Minuten tickten vorbei. Smiley überlegte, ob er gehen solle, aber er hatte das unbestimmte Gefühl, daß Havelock seine Gesellschaft brauchte.

»Es wird ein höllisches Aufsehen geben«, sagte Havelock. »Nicht jeden Tag verhaftet man einen Lehrer von

Carne wegen Mordes.« Er legte das Papiermesser heftig auf den Tisch. »Diese widerlichen Journalisten sollten ausgepeitscht werden!« erklärte er. »Sehen Sie mal das Zeug an, das sie über die Königsfamilie schreiben. Böse, böse!« Er stand auf, ging durchs Zimmer und setzte sich in einen Ledersessel am Feuer. Einer der Spaniels kam und ließ sich zu seinen Füßen nieder. »Was, zum Teufel, hat ihn dazu veranlaßt? Seine eigene Frau, meine ich; ein Mensch wie er.« Havelock sagte dies schlicht, als bitte er um Aufklärung.

»Ich glaube nicht«, sagte Smiley langsam, »daß wir je ganz ergründen können, was irgend jemanden zu irgend etwas veranlaßt.«

»Mein Gott, Sie haben vollkommen recht ... Womit verdienen Sie sich Ihren Lebensunterhalt, Smiley?«

»Nach dem Krieg war ich eine Zeitlang in Oxford. Unterricht und Forschung. Jetzt bin ich in London.«

»Einer von den klugen Burschen, äh?«

Smiley fragte sich, wann Rigby zurückkehren würde.

»Wissen Sie was über die Familie dieses Kerls? Hat er Verwandte?«

»Ich glaube, seine Eltern sind beide tot«, erwiderte Smiley, und das Telefon auf Havelocks Schreibtisch klingelte scharf. Es war Rigby. Stanley Rode war verschwunden.

18

Nach dem Fest

Er nahm den Zug um ein Uhr dreißig nach London. Nach einer Auseinandersetzung über die Hotelrechnung erreichte er ihn gerade noch. Er ließ einen Zettel für Rigby zurück, auf dem er seine Londoner Adresse und Telefonnummer angab und ihn bat, ihn in dieser Nacht anzurufen, wenn die Laboratoriumsuntersuchungen abgeschlossen waren. Es gab in Carne sonst nichts mehr für ihn zu tun.

Als der Zug langsam aus Carne ausfuhr und die vertrauten Wahrzeichen eines nach dem anderen im kalten Februarnebel verschwanden, wurde Smiley von einem Gefühl der Erleichterung erfüllt. Er hatte nicht kommen wollen, das wußte er. Er hatte sich vor dem Ort gefürchtet, wo seine Frau ihre Kindheit verbracht, sich vor den Feldern gefürchtet, wo sie gelebt hatte. Doch er hatte nichts gefunden, nicht das leiseste Andenken, weder in den leblosen Umrissen von Schloß Sawley noch in der umgebenden Landschaft, nichts, was ihn an sie erinnert hätte. Nur der Klatsch blieb übrig, wie es nur zu selbstverständlich war, solange die Hechts und Havelocks weiterlebten, um mit ihrer Bekanntschaft mit der ersten Familie von Carne zu protzen.

Er nahm ein Taxi nach Chelsea, trug seinen Koffer nach oben und packte ihn mit der Sorgfalt eines Mannes aus, der allein zu leben gewohnt ist. Er dachte daran, ein Bad zu nehmen, entschied jedoch, zuerst Ailsa Brimley anzurufen. Das Telefon stand neben seinem Bett. Er setzte sich auf die Bettkante und wählte die Nummer. Eine blecherne Stimme sang »Unipress, guten Abend«, und er fragte nach Miss Brimley. Es gab ein langes Schweigen, und dann: »Ich bedaure, Miss Brimley ist in einer Konferenz. Kann jemand anderer Ihre Anfrage beantworten?«

Anfrage, dachte Smiley. Guter Gott! Warum in aller Welt Anfrage, warum nicht Frage oder Erkundigung?

»Nein«, sagte er. »Sagen Sie nur, Mr. Smiley habe angerufen.« Er legte den Hörer auf, ging ins Badezimmer und drehte den Heißwasserhahn auf. Er zerrte an seinen Manschettenknöpfen, als das Telefon klingelte. Es war Ailsa Brimley.

»George? Ich glaube, du solltest am besten gleich herüberkommen. Wir haben einen Besucher. Mr. Rode aus Carne. Er möchte mit uns sprechen.«

Er zog seine Jacke an, rannte auf die Straße und rief ein Taxi.

19

Eine Legende wird zerstört

Die von oben kommende Rolltreppe war gedrängt voll von Angestellten der Unipress. Sie waren mit müden Augen auf dem Heimweg. Der Anblick eines beleibten Herrn mittleren Alters, der die Treppe daneben hinaufstürmte, bereitete ihnen unerwartete Unterhaltung, so daß Smileys Aufstieg durch das Gespött von Bürojungen und das Gelächter von Stenotypistinnen beschleunigt wurde. Im ersten Stock hielt er an, um eine riesige Tafel zu studieren, auf der die Titel eines Viertels aller Tageszeitungen des Landes angeführt waren. Schließlich entdeckte er unter der Überschrift »Technik und Diverses« die »Christliche Stimme«, Zimmer 619. Der Lift schien sehr langsam nach oben zu gehen. Hinter seinem Plüsch strömte formlose Musik hervor, zu deren kräftigeren Takten ein Boy in einer Affenjacke mit den Hüften zuckte. Dann teilte sich die goldene Tür mit einem Seufzer, der Boy sagte »Sechster Stock«, und Smiley trat schnell in den Korridor. Kurz danach klopfte er an die Tür von Zimmer 619. Ailsa Brimley öffnete ihm.

»George, wie nett«, sagte sie fröhlich. »Mr. Rode wird sehr entzückt sein, dich zu sehen.« Und ohne weitere Einleitung führte sie ihn in ihr Büro. In einem Sessel nahe am Fenster saß Stanley Rode, Lehrer in Carne, in einem ordentlichen schwarzen Mantel. Als Smiley eintrat, stand er auf und streckte ihm die Hand entgegen. »Nett, daß Sie gekommen sind, Sir«, sagte er steif. »Sehr nett.« Dieselbe farblose Art, dieselbe vorsichtige Stimme.

»Was kann ich für Sie tun?« fragte Smiley.

Sie setzten sich alle. Smiley bot Miss Brimley eine Zigarette an und gab ihr Feuer.

»Es ist wegen dieses Artikels, den Sie über Stella schreiben«, begann Rode. »Ich habe wirklich ein schlechtes Gefühl dabei, weil Sie so gut zu ihr und ihrem Andenken gewesen sind, wenn Sie wissen, was ich meine. Ich bin überzeugt, Sie meinen es gut, aber ich möchte nicht, daß Sie ihn schreiben.«

Smiley sagte nichts, und Ailsa war klug genug, sich still zu verhalten.

Von nun an war es Smileys Unterredung. Ihn störte das Schweigen nicht, aber Rode schien es zu bedrücken.

»Es wäre nicht richtig; es wäre ganz unpassend. Mr. Glaston stimmte zu; ich sprach gestern vor seiner Abreise mit ihm, und er stimmte zu. Ich könnte Sie einfach das Zeug nicht schreiben lassen.«

»Warum nicht?«

»Zu viele Leute wissen Bescheid. Der arme Mr. Cardew, ich habe ihn gefragt. Er weiß eine Menge, und auch eine Menge über Stella, daher fragte ich ihn. Er versteht auch, warum ich das Bethaus aufgegeben habe; ich konnte nicht mehr zusehen, wie sie jeden Sonntag hinging und auf die Knie sank.« Er schüttelte den Kopf. »Es war alles falsch. Es machte den Glauben lächerlich.«

»Was sagte Cardew dazu?«

»Er sagte, wir sollten uns nicht zu Richtern aufwerfen. Wir sollten Gott richten lassen. Aber ich erwiderte, es wäre nicht richtig, da die Leute sie kannten und wußten, was sie getan hatte, und dann all das Zeug in der ›Stimme‹ lesen würden. Sie würden es für verrückt halten. Er schien das nicht einzusehen, er sagte nur, man solle es Gott überlassen. Aber ich kann es nicht, Mr. Smiley.«

Wieder sprach eine Weile niemand. Rode saß ganz still, wiegte nur leise den Kopf.

Dann fing er wieder zu sprechen an: »Zuerst glaubte ich dem alten Mr. Glaston nicht. Er sagte, sie sei schlecht, aber ich glaubte es nicht. Sie lebten damals oben auf dem Hügel, Gorse Hill, nur einen Schritt vom Bethaus; Stella und ihr Vater. Sie schienen ihr Personal nie lange zu behalten, daher machte sie die meiste Arbeit selbst. Ich besuchte sie manchmal an Sonntagvormittagen nach der Kirche. Stella versorgte ihren Vater, kochte für ihn und richtete alles, und ich fragte mich immer, wie ich jemals den Mut aufbringen würde, bei Mr. Glaston um ihre Hand anzuhalten. Die Glastons waren wichtige Leute in Branxome. Ich unterrichtete damals an einer öffentlichen Schule. Sie ließen mich mit verkürzter Arbeitszeit unterrichten, während ich mich auf mein Examen vorbereitete, und ich hatte mich entschlossen, Stella zu bitten, mich zu heiraten, wenn ich die Prüfung bestanden hatte.

Am Sonntag, nachdem die Ergebnisse bekanntgegeben worden waren, ging ich nach dem Morgengottesdienst zum Haus hinüber. Mr. Glaston öffnete selbst die Tür. Er brachte mich sofort in sein Studierzimmer. Vom Fenster konnte man die Hälfte der Töpfereifabriken von Poole sehen und die See dahinter. Er ließ mich Platz nehmen und sagte: ›Ich weiß, warum Sie hier sind, Stanley. Sie wollen Stella heiraten. Aber Sie kennen sie nicht‹, sagte er, ›Sie kennen sie nicht.‹ ›Ich komme seit zwei Jahren zu Besuch, Mr. Glaston‹, erwiderte ich, ›und ich glaube, ich weiß, was ich will.‹ Dann begann er über sie zu sprechen. Ich hätte nie gedacht, daß ein Mensch je so über das eigene Kind sprechen würde. Er sagte, sie sei schlecht – schlecht im Herzen. Sie sei voll Tücke. Deswegen wollten keine Dienstboten auf dem Hügel bleiben. Er erzählte mir, wie sie die Leute an der Nase herumführte, ganz gutartig und warmherzig tat, bis sie ihr alles anvertrauten, und sie dann beleidigte, indem sie böse, ganz böse Dinge sagte, halb wahr, halb erlogen. Er erzählte mir noch viel mehr, und ich glaubte ihm nichts, nicht ein Wort. Ich glaube, ich verlor den Kopf und nannte ihn einen eifersüchtigen alten Mann, der seine Haushälterin nicht verlieren wolle, einen verlogenen, eifersüchtigen alten Mann, der wollte, daß ihn sein Kind bis zu seinem Tode bediente. Ich sagte, er sei schlecht, nicht Stella; und ich schrie ihn an: ›Sie Lügner, Sie Lügner.‹ Er schien es nicht zu hören, schüttelte nur den Kopf, und ich rannte in die Halle und rief Stella. Sie war in der Küche gewesen, glaube ich; jetzt kam sie, legte die Arme um mich und küßte mich.

Wir heirateten einen Monat später, und er war Beistand der Braut. Auf der Hochzeit schüttelte er mir die Hand und nannte mich einen feinen Mann, und ich dachte, was für ein Heuchler er wäre. Er gab uns Geld – mir, nicht ihr –, zweitausend Pfund, Ich dachte, er versuchte vielleicht, die schrecklichen Dinge wiedergutzumachen, die er gesagt hatte, und so schrieb ich ihm später, daß ich ihm vergäbe. Er antwortete nie, und ich sah ihn danach nicht mehr oft.

Über ein Jahr waren wir in Branxome hinlänglich glücklich. Stella war genau das, was ich mir von ihr gedacht hatte, sauber und einfach. Sie ging gern spazieren und küßte mich an den Zaunübertritten; manchmal trat sie gern etwas großspurig auf, ging in großer Toilette in den ›Delphin‹ zum Dinner. Damals bedeutete es mir viel, wie ich zugeben will, die richtigen Orte mit Mr. Glastons Tochter zu besuchen. Er war Rotarier und im Stadtrat und in Branxome ziemlich einflußreich. Sie pflegte mich damit zu necken – vor anderen Leuten noch dazu, was mich ein wenig irritierte. Ich erinnere mich, einmal, als wir den ›Delphin‹ besuchten, war da ein Kellner, ein Kerl namens Johnnie Raglan. Wir waren zusammen auf der Schule gewesen. Johnnie war ein ziemlicher Herumtreiber und hatte, seitdem er die Schule verlassen hatte, nicht viel anderes getan als Mädchen nachzulaufen und in Schwierigkeiten zu geraten. Stella kannte ihn, woher, weiß ich nicht, und winkte ihm, sowie wir uns gesetzt hatten. Johnnie kam herüber, und Stella forderte ihn auf, noch einen Stuhl zu bringen und sich zu uns zu setzen. Der Geschäftsführer warf Dolchblicke, wagte aber nichts zu tun, weil sie Samuel Glastons Tochter war. Johnnie blieb während des ganzen Essens da, und Stella sprach mit ihm über die Schule, und wie ich denn so gewesen wäre. Johnnie gefiel das großartig, er wurde frech und sagte, ich sei ein Streber, ein braver Junge und so weiter gewesen, und wie er mich herumgeboxt habe – fast lauter Lügen, und Stella stachelte ihn auf. Ich stellte sie hinterher zur Rede und sagte, ich bezahlte nicht gutes Geld im ›Delphin‹ dafür, um mir von Johnnie eine Menge Aufschneidereien anzuhören, und sie fuhr so rasch wie eine Katze auf mich los. Es sei ihr Geld, sagte sie, und Johnnie sei immer noch so gut wie ich. Dann tat es ihr leid, sie küßte mich, und ich tat so, als verzeihe ich ihr.«

Schweiß trat ihm ins Gesicht; er sprach rasch, die

Worte überschlugen sich. Es war, als erinnere sich jemand eines Alptraumes, als sei die Erinnerung noch da, die Furcht erst halb verschwunden. Er machte eine Pause und sah Smiley scharf an, als erwarte er von ihm eine Äußerung, doch Smiley schien an ihm vorbeizusehen, das Gesicht teilnahmslos; die weichen Umrisse seiner Züge waren hart geworden.

»Dann gingen wir nach Carne. Ich war gerade Abonnent der ›Times‹ geworden und sah die Anzeige. Sie suchten einen Lehrer für Naturwissenschaft, und ich bewarb mich. Mr. D'Arcy interviewte mich, und ich bekam die Stelle. Erst als wir nach Carne kamen, erkannte ich, daß das, was ihr Vater gesagt hatte, wahr war. Sie war vorher nicht besonders auf ihre Sekte erpicht gewesen, aber sobald sie hier angekommen war, engagierte sie sich in großem Stil dafür. Sie wußte, es würde falsch aussehen, würde mich verletzen. Branxome hat eine schöne große Kirche; es war nichts Sonderbares daran, zum Branxome-Bethaus zu gehen. Aber in Carne war das anders; Carnes Bethaus ist ein kleines abgelegenes Gebäude mit einem Blechdach. Sie wollte anders sein als die anderen, wollte die Schule und mich kränken, indem sie die Demütige spielte. Es hätte mir nichts ausgemacht, wenn es ihr ernst gewesen wäre, aber das war es nicht; Mr. Cardew wußte es. Er lernte Stella kennen. Ich glaube, ihr Vater sagte es ihm; jedenfalls war Mr. Cardew schon vorher im Norden gewesen und kannte die Familie gut. Nach allem, was ich weiß, schrieb er an Mr. Glaston oder ging wohl hin und besuchte ihn.

Sie fing hier ganz gut an. Die Leute aus der Stadt waren alle entzückt, sie zu sehen – eine Frau aus dem College, die zum Bethaus kam, das hatte es nie zuvor gegeben. Dann machte sie sich daran, den Aufruf für die

Flüchtlinge zu organisieren – Kleider zu sammeln und so weiter. Miss D'Arcy machte das für die Schule, Mr. D'Arcys Schwester, und Stella wollte sie in ihrem eigenen Spiel schlagen – mehr von den Bethaus-Leuten bekommen, als Miss D'Arcy von der Schule bekam. Aber ich wußte, was sie tat, Mr. Cardew wußte es auch, und am Ende wußten es auch die Stadtleute. Sie lauschte. Jeden Tropfen Klatsch und Schmutz sammelte sie. Manchmal kam sie abends nach Hause – Mittwoch und Freitag machte sie ihre Arbeit für die Gemeinde –, warf ihren Mantel ab und lachte, bis ich meinte, sie sei verrückt geworden.

›Ich hab' sie! Ich habe sie alle!‹ sagte sie dann. ›Ich kenne alle ihre kleinen Geheimnisse, und ich habe sie in der Hand, Stan.‹ Das sagte sie immer wieder. Und die, die es herausbekamen, kriegten allmählich Angst vor ihr. Sie klatschten alle, weiß der Himmel, aber nicht, um davon zu profitieren wie Stella. Stella war verschlagen; alles Anständige, alles Gute zog sie in den Schmutz. Es gab ein Dutzend Leute, die sie genau durchschaut hatte. Da war Mulligan, der Spediteur; er hatte eine Tochter mit einem Kind bei Leamington. Irgendwie fand sie heraus, daß sie nicht verheiratet war, daß man sie zu einer Tante geschickt hatte, um ihr Baby zur Welt zu bringen und da oben neu anzufangen. Sie rief Mulligan einmal an, es hatte etwas mit einer Rechnung für den Transport von Simon Snows Möbeln zu tun, und sagte: ›Grüße aus Bad Leamington, Mr. Mulligan. Wir brauchen etwas Mitarbeit.‹ Sie erzählte es mir – sie kam nach Hause, schüttelte sich vor Lachen und erzählte es mir. Aber sie kriegten sie am Ende, wie? Sie rächten sich!«

Smiley nickte langsam, seine Augen jetzt voll auf Rode gerichtet.

»Ja«, sagte er endlich. »Sie rächten sich.«

»Sie dachten, die verrückte Janie habe es getan, aber ich nicht. Janie hätte eher ihre eigene Schwester getötet als Stella. Sie waren sich so nahe wie Mond und Sterne, sagte Stella. Sie redeten abends stundenlang miteinander, wenn ich spät aus war, auf Versammlungen oder bei Nachhilfeunterricht. Stella kochte für sie, gab ihr Kleider und Geld. Es gab ihr ein Gefühl der Macht, einer Kreatur wie Janie zu helfen und sie um sich herumschwänzeln zu lassen, Nicht, weil sie gütig, sondern weil sie grausam war.

Sie hatte aus Branxome einen kleinen Hund mitgebracht, einen Köter. Vor einigen Monaten kam ich eines Tages nach Hause und fand ihn in der Garage liegen, winselnd, verschreckt. Er humpelte und hatte einen blutigen Rücken. Sie hatte ihn geschlagen. Sie mußte verrückt geworden sein. Sie hatte ihn schon früher geschlagen, aber so noch nie; noch nie. Dann geschah etwas – ich schrie sie an, und sie lachte, und dann schlug ich sie. Nicht heftig, aber doch heftig genug. Ins Gesicht. Ich gab ihr vierundzwanzig Stunden, entweder den Hund töten zu lassen oder ich würde es der Polizei sagen. Sie kreischte mich an – es sei ihr Hund und sie könne mit ihm tun, was ihr, zum Teufel, gefalle –, aber am nächsten Tag setzte sie ihren kleinen schwarzen Hut auf und brachte den Hund zum Tierarzt. Ich nehme an, sie erzählte ihm irgendeine Geschichte. Sie konnte um alles eine gute Geschichte herumspinnen, das konnte Stella. Sie schlüpfte sozusagen in eine Rolle hinein und spielte sie bis zum Ende durch. Wie die Geschichte, die sie den Ungarn erzählte.

Miss D'Arcy hatte einmal Flüchtlinge aus London zum Aufenthalt bei sich, und Stella erzählte ihnen eine solche Geschichte, daß sie fortliefen und man sie wieder nach London zurückholen mußte. Miss D'Arcy bezahlte ihre Reisekosten und alles, bestellte sogar den Fürsorger her, um sie zu besuchen und den Versuch zu machen, alles wieder in Ordnung zu bringen. Ich glaube nicht, daß Miss D'Arcy wußte, wer sich an sie herangemacht hatte, aber ich wußte es – Stella erzählte es mir. Sie lachte, immer dasselbe Lachen: ›Da hast du deine feine Lady, Stan. Sieh dir jetzt mal ihre Wohltätigkeit an.‹

Nach der Sache mit dem Hund gewöhnte sie sich an, so zu tun, als sei ich gewalttätig; sie duckte sich weg, wann immer ich ihr nahe kam, hielt den Arm hoch, als wollte ich sie wieder schlagen. Sie gab sogar vor, daß ich plante, sie zu ermorden: sie ging hin und erzählte das Mr. Cardew. Sie glaubte es selbst nicht; manchmal lachte sie darüber. Sie sagte mir: ›Es hat keinen Sinn, mich jetzt zu töten, Stan. Alle werden wissen, wer es getan hat.‹ Aber zu anderen Zeiten winselte sie, streichelte mich und bat, sie nicht zu töten. ›Du wirst mich in den langen Nächten töten!‹ Sie schrie das heraus – das waren die Worte, an denen sie sich berauschte: ›die langen Nächte‹; sie liebte ihren Klang in der Art eines Schauspielers, und sie baute eine ganze Geschichte um sie herum. ›Oh, Stan‹, sagte sie, ›beschütze mich in den langen Nächten.‹ Wissen Sie, wie es ist, wenn man ohnehin nie daran gedacht hat, irgend etwas zu tun, und jemand einen unentwegt bittet, es nicht zu tun? Man denkt, man tut es schließlich vielleicht doch, man beginnt, die Möglichkeit in Betracht zu ziehen.«

Miss Brimley zog ziemlich scharf den Atem ein. Smiley stand auf und ging zu Rode hinüber.

»Warum gehen wir nicht in mein Haus zurück und essen etwas?« sagte er. »Wir können das in Ruhe miteinander besprechen. Unter Freunden.«

Sie nahmen ein Taxi zur Bywater Street, Rode saß neben Ailsa Brimley, jetzt etwas entspannter, und Smiley, ihm gegenüber auf einem Klappsitz, beobachtete ihn und dachte nach. Und es fiel ihm ein, daß das Wichtigste an Rode die Tatsache war, daß er keine Freunde hatte. Smiley erinnerte sich an Büchners Märchen von dem in einer leeren Welt allein gelassenen Kind, das, weil es niemanden fand, mit dem es sprechen konnte, auf den Mond ging, da dieser es anlächelte; aber der Mond war aus morschem Holz gemacht. Und als Sonne, Mond und Sterne alle zu nichts geworden waren, versuchte es, auf die Erde zurückzugelangen, aber sie war verschwunden.

Vielleicht, weil Smiley müde war, oder vielleicht, weil er ein wenig alt wurde, empfand er eine Regung plötzlichen Mitleids für Rode, wie sie Kinder für die Armen und Eltern für ihre Kinder empfinden. Rode hatte sich so sehr bemüht – er hatte Carnes Sprache gebraucht, die richtigen Kleider gekauft und nach bestem Vermögen die richtigen Gedanken gedacht, und war doch hoffnungslos abseits, hoffnungslos allein geblieben.

Er zündete das Gasfeuer im Wohnzimmer an, während Ailsa Brimley in den Delikatessenladen in der King's Road ging, um Suppe und Eier zu kaufen. Er schenkte Whisky und Soda ein und gab Rode einen; dieser trank in kurzen Schlucken, ohne zu sprechen.

»Ich mußte es jemandem erzählen«, sagte er schließlich. »Ich dachte, Sie wären der richtige Mann dafür. Ich wollte aber nicht, daß Sie den Artikel veröffentlichen. Zu viele wußten Bescheid, sehen Sie.«

»Wie viele wußten wirklich Bescheid?«

»Nur die, hinter denen sie her war, glaube ich. Ungefähr ein Dutzend Stadtleute, nehme ich an. Und Mr. Cardew natürlich. Sie war schrecklich schlau, wissen Sie. Sie gab Klatsch nicht häufig weiter. Sie wußte aufs Haar genau, wie weit sie gehen konnte. Die Bescheid wußten, das waren die, die sie am Haken hatte. Oh, und D'Arcy, Felix D'Arcy, er wußte es. Sie hatte da etwas Besonderes, etwas, wovon sie mir nie erzählt hat. Es gab Nächte, da legte sie ihren Schal um und schlüpfte hinaus, ganz aufgeregt, als gehe sie zu einer Party. Manchmal ganz spät, elf oder zwölf. Ich fragte sie nie, wohin sie ging, weil es sie nur verstockt machte, aber manchmal sah sie mich ganz schlau an und sagte: ›Du weißt es nicht, aber D'Arcy weiß es, und er darf nichts sagen.‹ Dann lachte sie wieder, versuchte geheimnisvoll auszusehen und ging fort.«

Smiley schwieg lange, beobachtete Rode und dachte nach. Dann fragte er plötzlich: »Was war Stellas Blutgruppe, wissen Sie es?«

»Meine ist B. Das weiß ich. Ich war Blutspender in Branxome. Ihre war anders.«

»Woher wissen Sie das?«

»Sie ließ einen Test machen, bevor wir heirateten. Sie litt unter Blutarmut. Ich erinnere mich nur, daß ihres anders war, das ist alles. Wahrscheinlich A. Ich kann mich nicht genau erinnern. Warum?«

»Wo waren Sie als Blutspender registriert?«

»In der Bluttransfusionszentrale North Poole.«

»Wird man Sie dort noch erkennen? Sind Sie noch registriert?«

»Ich nehme es an.«

Die Klingel an der Haustür ertönte. Es war Ailsa Brimley, die von ihrem Einkauf zurückkam.

Ailsa betätigte sich in der Küche, während Rode und Smiley in der warmen Behaglichkeit des Wohnzimmers saßen.

»Sagen Sie mir noch etwas«, sagte Smiley, »über die Nacht des Mordes. Warum ließen Sie die Aktenmappe zurück? War es Gedankenlosigkeit?«

»Nein, nicht eigentlich. Ich hatte an jenem Abend Kirchendienst, und daher kamen Stella und ich getrennt in Fieldings Haus an. Sie traf vor mir dort ein, und Fielding gab ihr, glaube ich, die Mappe – ganz zu Beginn des Abends, damit es nicht vergessen würde. Er sagte später am Abend etwas darüber. Sie hatte die Mappe neben ihren Mantel in der Halle hingelegt. Es war nur ein kleines Ding, ungefähr fünfundvierzig mal dreißig Zentimeter. Ich hätte schwören können, daß sie es trug, als wir in der Halle standen und uns verabschiedeten, aber ich muß mich wohl geirrt haben. Erst als wir zum Haus kamen, fragte sie mich, was ich damit gemacht hätte.«

»Sie fragte *Sie,* was Sie damit gemacht hätten?«

»Ja. Dann geriet sie außer sich und sagte, ich erwartete wohl, daß sie an alles dächte. Ich hatte keine besondere Lust zurückzugehen, ich hätte ja auch Fielding anrufen und verabreden können, daß ich sie gleich am nächsten Morgen abholen würde, aber Stella wollte davon nichts wissen. Sie ließ mich hingehen. Ich wollte der Polizei die Geschichte von unserem Streit nicht erzählen, es schien nicht richtig.«

Smiley nickte. »Als Sie zu Fielding zurückkamen, klingelten Sie?«

»Ja. Da ist die Haustür, dann eine innere Glastür, eine Art Windfang. Die Haustür war noch offen, und das Licht in der Halle brannte. Ich klingelte und bekam das Köfferchen von Fielding.«

Sie hatten das Abendessen beendet, als das Telefon läutete.

»Rigby hier, Mr. Smiley. Ich habe die Laboratoriumsergebnisse bekommen. Sie sind ziemlich rätselhaft.«

»Die Prüfungsarbeiten zuerst: Es stimmt nicht überein?«

»Nein, nicht. Unsere Experten sagen, alle Zahlen und alles Geschriebene seien mit demselben Kugelschreiber ausgeführt. Bei den Diagrammen sind sie nicht sicher, aber sie erklären, daß die Beschriftungen aller Diagramme der sonstigen Schrift auf dem Bogen entsprechen.«

»Alles tatsächlich doch von dem Jungen ausgeführt?«

»Ja. Ich habe einige andere Proben seiner Handschrift zum Vergleich beigebracht. Sie entsprechen durchgehend jenen auf der Prüfungsarbeit. Fielding kann daran nicht herumgepfuscht haben.«

»Gut. Und die Kleidung? Auch da nichts darauf?«

»Nur Blutspuren. Keine Abdrücke auf dem Kunststoff.«

»Nebenbei, welche Blutgruppe hatte sie?«

»Gruppe A.«

Smiley setzte sich auf die Bettkante. Den Hörer ans Ohr pressend, begann er leise zu sprechen. Zehn Minuten später ging er langsam nach unten. Er war ans Ende der Jagd gelangt und schon angewidert vom Kesseltreiben.

Es dauerte fast eine Stunde, bis Rigby eintraf.

20

Der Auswurf des Flusses

Die Albert Bridge war so grotesk wie je; knochiger Stahl, der sich vor dem geduldigen Londoner Himmel zu wagnerianischen Zinnen erhob; die Themse, die resigniert darunter dahinkroch, ihren Schmutz gegen die Werften von Battersea drängte und dann dem Nebel stromabwärts entgegenglitt.

Der Nebel war dicht. Smiley beobachtete, wie das Treibholz an ihm anstieß, sich zuerst in weißen Staub verwandelte, dann sich zu heben, sich aufzulösen und zu verschwinden schien.

So würde es enden, an einem abscheulichen Morgen wie diesem, wenn sie den winselnden Mörder aus seiner Zelle zerrten und den Hanfstrick um seinen Nacken legten.

Würde Smiley in zwei Monaten den Mut haben, sich an dies zu erinnern, wenn draußen vor dem Fenster der Morgen anbrach, und die Turmuhr laut die Stunde schlug? Wenn sie einem Mann auf dem Blutgerüst den Hals brachen und ihn beseitigten wie den Auswurf des Flusses?

Er nahm seinen Weg die Beaumont Street entlang zur King's Road. Der Milchmann surrte mit seinem elektrisch betriebenen Lieferwagen an ihm vorbei. Er würde an diesem Morgen auswärts frühstücken, dann ein Taxi zur Curzon Street nehmen und Wein zum Dinner bestellen. Er würde etwas Gutes aussuchen. Fielding würde das zu schätzen wissen.

Fielding schloß die Augen und trank, die linke Hand locker über die Brust haltend. »Göttlich«, sagte er, »göttlich!«

Ailsa Brimley, ihm gegenüber, lächelte sanft. »Wie werden Sie Ihren Ruhestand verbringen, Mr. Fielding?« fragte sie. »Frankenwein trinkend?«

Sein Glas immer noch an den Lippen, sah er in die Kerzen. Das Silber war gut, besser als sein eigenes. Er überlegte, warum sie nur zu dritt bei Tisch waren. »In Frieden«, antwortete er endlich. »Ich habe kürzlich eine Entdeckung gemacht.«

»Was wäre das?«

»Daß ich vor einem leeren Haus gespielt habe. Aber jetzt tröstet mich der Gedanke, daß sich niemand daran erinnert, wie ich meine Worte vergaß oder einen Auftritt verpaßte. So viele von uns warten geduldig auf eine Zuschauerschaft, um zu sterben. In Carne wird sich niemand länger als ein oder zwei Semester daran erinnern, wie ich mein Leben verpfuscht habe. Ich war bis vor kurzem zu eitel, um das zu erkennen.« Er setzte das Glas vor sich hin und lächelte Ailsa Brimley plötzlich an. »Das ist der Frieden, den ich meine. In niemandes Gedanken zu existieren, außer in meinen eigenen; ein weltlicher Mönch zu sein, in Sicherheit und vergessen.«

Smiley schenkte ihm Wein nach. »Miss Brimley hat Ihren Bruder im Krieg gut gekannt. Wir waren alle in derselben Abteilung«, sagte er. »Sie war eine Weile Adrians Sekretärin. Nicht wahr, Brim?«

»Es ist eigentlich deprimierend, wie die Schlechten

weiterleben«, erklärte Fielding. »Ziemlich verwirrend. Für die Schlechten, meine ich.« Er stieß einen kleinen feinschmeckerischen Seufzer aus. »Der Augenblick der Wahrheit in einem guten Mahl! Übergangsperiode« – er verwendete das deutsche Wort – »zwischen *entremet* und Dessert«, und sie lachten alle und waren dann still.

Smiley stellte sein Glas hin und sagte: »Die Geschichte, die Sie mir am Donnerstag erzählten, als ich Sie besuchte ...«

»Nun?« Fielding war gereizt.

»Über das Mogeln für Tim Perkins ... wie Sie die Arbeit aus der Aktentasche nahmen und sie abänderten ...«

»Ja?«

»Sie ist nicht wahr.« Es klang, als spräche er über das Wetter. »Man hat sie überprüft, und sie ist nicht wahr. Die Schrift stammt zur Gänze von einer Person – dem Jungen. Wenn einer gemogelt hat, dann muß es der Junge gewesen sein.«

Ein langes Schweigen trat ein. Fielding zuckte die Achseln.

»Lieber Herr, Sie können doch von mir nicht erwarten, daß ich das glaube. Diese Leute sind ja wirklich schwachsinnig.«

»Natürlich bedeutet das an sich noch nichts. Ich meine, Sie könnten den Jungen ja schützen wollen, nicht? Indem Sie für ihn lügen, für seine Ehre sozusagen. Ist dies die Erklärung?«

»Ich habe Ihnen die Wahrheit gesagt«, erwiderte er kurz. »Machen Sie daraus, was Sie wollen.«

»Ich glaube, ich kann mir eine Situation vorstellen, wo es ein geheimes betrügerisches Einverständnis gegeben haben mag, wo Sie von der Not des Jungen gerührt wurden, als er Ihnen die Arbeiten brachte; und wo Sie in einer Eingebung des Augenblicks die Mappe öffneten, seine Arbeit herausnahmen und ihm sagten, was er schreiben solle.«

»Hören Sie einmal«, sagte Fielding hitzig, »warum lassen Sie Ihre Finger nicht davon? Was haben Sie damit zu tun?«

Smiley erwiderte mit plötzlicher Leidenschaft: »Ich versuche, zu helfen, Fielding. Ich bitte Sie, mir zu glauben, daß ich zu helfen versuche. Um Adrians willen. Ich möchte nicht, daß es ... mehr Leid als nötig gibt, mehr Schmerz. Ich möchte es in Ordnung bringen, bevor Rigby kommt. Man hat die Anklage gegen Janie fallenlassen. Sie wissen das, nicht? Man scheint zu denken, daß es Rode ist, aber man hat ihn nicht verhaftet. Man hätte es tun können, hat es aber nicht getan. Man hat nur noch mehr Aussagen von ihm protokolliert. Daher ist das mit der Aktenmappe schrecklich wichtig, sehen Sie. Alles hängt davon ab, ob Sie wirklich hineingesehen haben und ob Perkins hineingeblickt hat. Verstehen Sie das denn nicht? Wenn es Perkins gewesen ist, der schließlich doch gemogelt hat, wenn nur der Junge die Mappe geöffnet hat und nicht Sie, dann wird man die Antwort auf eine sehr wichtige Frage haben wollen: man wird wissen wollen, wieso Sie wußten, was darin war.«

»Was wollen Sie damit sagen?«

»Die Polizei ist wirklich nicht schwachsinnig, wissen Sie. Lassen Sie uns mal einen Augenblick am anderen Ende beginnen. Angenommen, Sie waren es, der Stella Rode tötete, angenommen, Sie hatten einen Grund, einen außerordentlich triftigen Grund, und die Polizei wußte, was dieser Grund sein konnte; angenommen, Sie eilten Rode voraus, nachdem Sie ihm die Mappe in jener Nacht übergeben hatten – mit dem Fahrrad zum Beispiel; wie Jane es sagte, ›auf dem Wind reitend‹. Wenn das wirklich so war, so wäre keines von den Dingen, die Sie sahen, überhaupt in der Mappe gewesen. Sie hätten es fingieren können. Und als später die Prüfungsergebnisse herauskamen und Sie erkannten, daß Perkins gemogelt hatte, da schlossen Sie, daß er in die Mappe gesehen hatte. Gesehen hatte, daß sie nichts enthielt, *nichts* als Prüfungsarbeiten. Ich glaube, das würde erklären, warum Sie den Jungen töten mußten.« Er hielt inne und blickte zu Fielding. »Und in gewisser Weise«, fügte er fast widerstrebend hinzu, »klingt das vernünftiger, nicht wahr?«

»Und was, darf ich fragen, war der Grund, von dem Sie sprechen?«

»Vielleicht erpreßte sie Sie. Sie wußte bestimmt von Ihrer Verurteilung im Krieg, aus der Zeit, als sie im Norden war. Ihr Vater war Friedensrichter, nicht? Ich höre, daß man die Akten durchgesehen hat. Die Polizei, meine ich. Es war ihr Vater, der den Fall verhandelte. Sie wußte, daß Sie bankrott sind, eine neue Stelle brauchen, und sie hielt Sie an einem Haken. D'Arcy wußte es anscheinend auch. Sie erzählte es ihm. Sie hatte nichts zu verlieren; er war von Anfang an in der Geschichte drin, er würde nie erlauben, daß die Zeitungen davon erfuhren; sie wußte das, sie wußte, woran sie mit ihm war. Haben auch *Sie* es D'Arcy erzählt, Fielding? Ich glaube, Sie haben es vielleicht getan. Als sie zu Ihnen kam und sagte, sie wisse es, als sie Sie verspottete und verlachte, gingen Sie zu D'Arcy und erzählten es ihm. Sie fragten ihn, was Sie tun sollten. Und er sagte – was würde er wohl sagen? –, vielleicht sagte er: Finde heraus, was sie will. Aber sie wollte nichts; kein Geld zumindest, sondern etwas, das ihrem verkorksten kleinen Geist besser zusagte: sie wollte Sie beherrschen und besitzen. Sie liebte das Konspirieren, sie befahl Sie zu Zusammenkünften, zu absurden Zeiten, an absurden Orten; in Gehölzen, in leerstehenden Kirchen und vor allem bei Nacht. Und sie wollte nichts von Ihnen als Ihren Willen, sie ließ Sie ihre Prahlereien und verrückten Intrigen anhören, machte, daß Sie krochen und sich duckten, und ließ Sie dann laufen, bis zum nächsten Mal.« Er sah wieder auf. »In dieser Richtung denkt man vielleicht, sehen Sie. Deswegen ist es nötig, daß wir wissen, wer in die Mappe hineinsah. Und wer in der Prüfung schwindelte.«

Sie sahen ihn beide an, Ailsa in Schrecken, Fielding regungslos, passiv.

»Wenn man das bedenkt«, fragte Fielding endlich, »wieso nimmt man dann an, daß ich wußte, Rode werde wegen der Mappe in derselben Nacht noch zurückkommen?«

»Oh, man wußte, daß sie erwartete, Sie in jener Nacht nach dem Dinner in Ihrem Haus zu treffen.« Smiley warf dies hin, als sei es eine langweilige Einzelheit. »Es gehörte zu dem Spiel, das sie zu spielen liebte.«

»Woher weiß man das?«

»Nach Rodes Aussage«, fuhr Smiley fort, »trug Stella die Mappe in die Halle, hatte sie tatsächlich in der Hand. Als sie in North Fields ankamen, hatte sie sie nicht; sie geriet in Wut und bezichtigte ihn, sie vergessen zu haben. Sie veranlaßte ihn, deswegen zurückzugehen. Sie sehen die Folgerung?«

»Oh, klar«, sagte Fielding, und Smiley hörte Ailsa Brimley voll Schreck seinen Namen flüstern.

»Mit anderen Worten: als Stella diesen Trick ausheckte, um ihren verschrobenen Willen zu befriedigen, sahen Sie es als eine Gelegenheit, sie zu töten, indem Sie die Schuld einem nicht existierenden Landstreicher zuschoben, oder, wenn das fehlschlug, als zweiter Verteidigungslinie Rode. Angenommen, Sie hätten vorgehabt, sie zu töten. Sie hätten vorgehabt, nehme ich an, eines Nachts dorthin hinauszufahren, wenn Rode Abendunterricht hatte. Sie hatten Ihre Stiefel und Ihr Cape, selbst das aus Rodes Zimmer entwendete Kabel, und Sie hatten vor, eine falsche Fährte zu legen. Aber was für eine blendende Gelegenheit, als Perkins mit der Aktenmappe erschien! Stella wollte ihr Zusammentreffen – es war verabredet, daß die vergessene Mappe als Mittel dienen sollte, es herbeizuführen. In dieser Richtung, fürchte ich, werden sich vielleicht die Überlegungen bewegen. Und sehen Sie, man *weiß*, daß es Rode nicht war.«

»Wieso weiß man es? Wie *kann* man es wissen? Rode hat kein Alibi.«

Smiley schien nicht zu hören. Er sah zum Fenster und den sich unruhig bewegenden schweren Samtvorhängen.

»Was ist? Wohin sehen Sie?« fragte Fielding plötzlich drängend, aber Smiley antwortete nicht.

»Sehen Sie, Fielding«, sagte er endlich, »wir wissen einfach nicht, wie die Menschen sind, wir können es niemals erklären; es gibt keine Wahrheit über menschliche Wesen, keine Formel, die jedem von uns entspricht. Und es gibt einige unter uns – nicht wahr? –, die nichts sind, die so labil sind, daß wir uns selbst verblüffen; wir sind Chamäleons. Ich las einmal eine Geschichte von einem Dichter, der in kalten Quellen badete, so daß er in dem Gegensatz seine eigene Existenz erkennen konnte. Er mußte sich selbst bestätigen, sehen Sie, wie ein

Kind, das gegen seine Eltern widerwärtig ist. Sie könnten vielleicht sagen, er habe die Sonne auf sich scheinen lassen, so daß er seinen Schatten sehen und sich lebendig fühlen konnte.«

Fielding machte eine ungeduldige Handbewegung. »Wieso wissen Sie, daß es nicht Rode war?«

»Die Leute, die so sind – es gibt wirklich einige, Fielding –, kennen Sie ihr Geheimnis? Sie können in ihrem Innern nichts empfinden, weder Freude noch Leid, weder Liebe noch Haß; sie schämen sich und sind erschrocken, daß sie nichts fühlen können. Und ihre Scham, diese Scham, Fielding, drängt sie zu Übertreibungen und Prunk; sie müssen das kalte Wasser spüren; ohne das sind sie nichts. Die Welt sieht sie als Showmen, Phantasten, Lügner, vielleicht als Sensualisten, aber nicht als das, was sie sind: lebende Leichname.«

»Woher wissen Sie es? Woher wissen Sie, daß es nicht Rode war?« rief Fielding mit Zorn in der Stimme, und Smiley antwortete: »Ich werde es Ihnen sagen.«

»Wenn Rode seine Frau ermordete, so hatte er das lange vorher geplant. Das Kunststoffcape, die Stiefel, die Waffe, die knifflige Zeiteinteilung, Perkins' Verwendung, um die Mappe zu Ihrem Haus zu tragen – dies sind Beweise langer Vorausplanung. Natürlich könnte man fragen: Wenn das so ist, warum gab er sich überhaupt mit Perkins ab – warum behielt er die Mappe nicht die ganze Zeit bei sich? Aber lassen wir das auf sich beruhen. Betrachten wir, wie er es macht. Er geht mit seiner Frau nach dem Dinner nach Hause, nachdem er absichtlich die Mappe vergessen hat. Nachdem er Stella zu Haus gelassen hat, kehrt er zu Ihrem Haus zurück, um sie abzuholen. Es war übrigens eine riskante Sache, die

Mappe zurückzulassen. Ganz abgesehen von der Tatsache, daß man von ihm erwartet hätte, er habe sie abgeschlossen, hätte vielleicht seine Frau bemerken können, daß er sie nicht bei sich hatte, als sie fortgingen – oder Sie hätten es bemerken können, oder Miss Truebody –, aber glücklicherweise bemerkte es niemand. Er holt also die Mappe, eilt zurück, tötet seine Frau, fabriziert die Hinweise, die die Polizei irreführen. Er wirft Cape, Stiefel und Handschuhe in das Flüchtlingspaket, verschnürt es und trifft Vorbereitungen, sein Entkommen zu sichern. Er wird vielleicht von der verrückten Janie erschreckt, erreicht aber die Gasse und betritt von neuem das Haus als Stanley Rode. Fünf Minuten später ist er bei den D'Arcys. Von da an ist er für die nächsten achtundvierzig Stunden unter ständiger Überwachung. Vielleicht wußten Sie das nicht, Fielding, aber die Polizei fand die Mordwaffe sechs Kilometer straßenabwärts in einem Graben. Sie fand sie zehn Stunden nach der Entdeckung des Mordes, lange bevor Rode eine Chance hatte, sie dorthin zu werfen.

Darauf aber kommt es an, Fielding. Darüber kann die Polizei nicht hinwegkommen. Ich nehme an, es wäre möglich, eine fingierte Mordwaffe herzustellen. Rode hätte Haare von Stellas Kamm nehmen, sie mit Menschenblut auf ein Stück Koaxialkabel kleben und das Ding in einen Graben legen können, *bevor* er den Mord beging. Aber das einzige Blut, das er benutzen konnte, war sein eigenes – das zu einer anderen Blutgruppe gehört. Das Blut an der Waffe, die die Polizei fand, gehörte zu Stellas Blutgruppe. Er hat es also nicht getan. Es gibt einen noch konkreteren Beweis, der mit dem Paket zu tun hat. Rigby sprach gestern mit Miss Truebody. Es scheint, daß sie mit Stella Rode telefoniert hat, an dem Morgen des Tages, an dem sie ermordet wurde. In Ihrem Auftrag telefoniert hat, Fielding, um zu bestellen, daß ein Junge am Donnerstagvormittag einige alte Kleider nach North Fields bringen würde – würde sie wohl bis dahin das Paket bestimmt offenlassen? ... Was drohte Stella an, Fielding? Einen anonymen Brief an Ihre nächste Schule zu schreiben?«

Dann legte Smiley seine Hand auf Fieldings Arm und sagte: »Gehen Sie jetzt in Gottes Namen, gehen Sie jetzt. Es ist sehr wenig Zeit, um Adrians willen, gehen Sie jetzt«, und Ailsa Brimley flüsterte etwas, was er nicht verstehen konnte.

Fielding schien nicht zu hören. Er hatte den großen Kopf zurückgeworfen, die Augen halb geschlossen, hielt sein Weinglas noch immer zwischen den dicken Fingern.

Und die Türglocke erklang wie der Schrei einer Frau in einem leeren Haus.

Smiley erfuhr nie, was das Geräusch verursachte, ob es Fieldings Hände auf dem Tisch waren, als er aufstand, oder sein Stuhl, der hintenüber fiel. Vielleicht war es gar kein Geräusch, sondern einfach der Schock heftiger Bewegung, wenn man sie am wenigsten erwartet; der Anblick Fieldings, der noch einen Augenblick zuvor lethargisch in seinem Stuhl gesessen hatte und nun vorwärts durchs Zimmer sprang. Dann hielt Rigby ihn, hatte Fieldings rechten Arm ergriffen und tat etwas mit ihm, daß Fielding vor Schmerz und Angst aufschrie, sich unter dem Zwang von Rigbys Griff herumdrehte, um ihnen ins Auge zu sehen. Dann sprach Rigby die Verhaftung aus, und Fieldings entsetzter Blick fiel auf Smiley.

»Halten Sie ihn auf, halten Sie ihn auf, Smiley, um

Himmels willen! Sie werden mich hängen!« Und er schrie die letzten zwei Worte wieder und wieder: »Mich hängen, mich hängen«, bis die Kriminalbeamten von der Straße hereinkamen und ihn ohne Förmlichkeit in einen wartenden Wagen schoben.

Smiley sah zu, wie der Wagen abfuhr. Dieser beeilte sich nicht, suchte nur seinen Weg die nasse Straße hinunter und verschwand. Smiley blieb noch lange stehen, nachdem er fort war, und blickte zum Ende der Straße, so daß Vorübergehende ihn merkwürdig anstarrten oder versuchten, seinem Blick zu folgen. Aber es gab nichts zu sehen. Nur die halberleuchtete Straße und die Schatten, die sich auf ihr dahinbewegten.